講談社文庫

QED

源氏の神霊

高田崇史

JN019178

講談社

「尼ぜ、我をばいづちへ具《ぐ》してゆかむとするぞ」
「……浪の下にも都のさぶらふぞ」
となぐさめ奉って、
千尋《ちいろ》の底へぞ入り給ふ。

『平家物語』

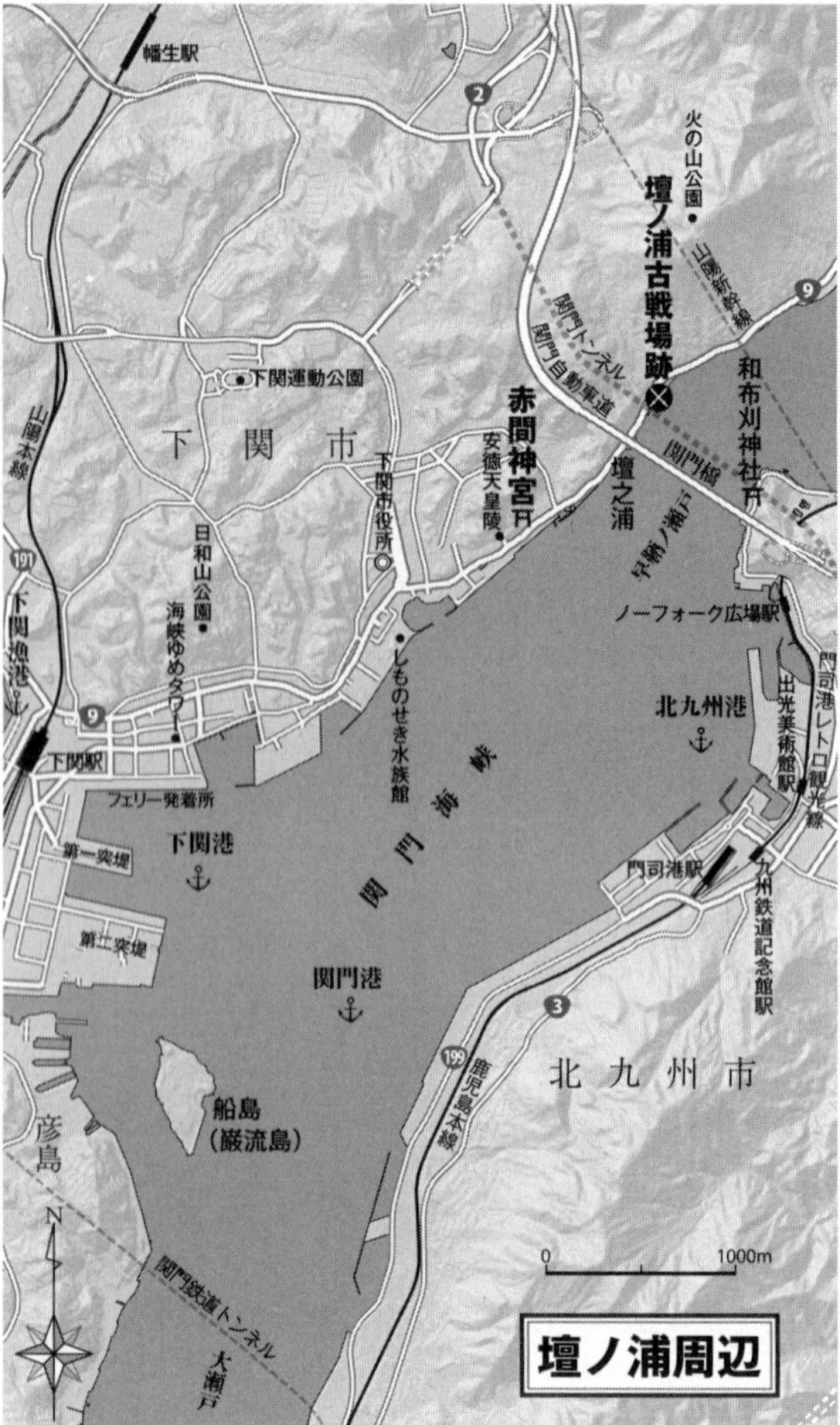
壇ノ浦周辺
幡生駅
火の山公園
壇ノ浦古戦場跡
関門トンネル
関門自動車道
和布刈神社
関門橋
赤間神宮
安徳天皇陵
壇之浦
早鞆ノ瀬戸
下関運動公園
下関市
山陽本線
下関市役所
日和山公園
海峡ゆめタワー
しものせき水族館
下関漁港
下関駅
フェリー発着所
下関港
第一突堤
第二突堤
関門海峡
関門港
ノーフォーク広場駅
北九州港
出光美術館駅
門司港レトロ観光線
門司港駅
九州鉄道記念館駅
鹿児島本線
北九州市
船島
(巌流島)
彦島
関門鉄道トンネル
大瀬戸
小森江駅
0
1000m
N

目次

QED　源氏の神霊

《プロローグ》

海――。

全ての源。

生命の起源であり「海」の旁《つくり》には「母」が隠されているが故に「母なる海」とも呼ばれる。大いなる愛の心で、自分の子供たちを包みこむ「母」。

しかし。

全てを呑み込んで存在しているが故に「晦《くら》い水」。それが「海」という漢字の成り立ちだと聞いた。清濁併《せいだくあわ》せ呑むと、やはり「濁」が勝ち「晦」くなってしまうのか。故に「母」といえども、海には常に暗い恐怖が付随しているのか。底知れぬ禍々《まがまが》しさが――。

昔。学生時代に東京に出かけた際に、上野の国立西洋美術館に立ち寄った。松方《まつかた》コレクション――実業家で政治家の松方幸次郎《こうじろう》が集めた、ゴッホや、ルノワールや、モネを始めとする膨大《ぼうだい》な数のコレクションの特別展示があると聞いて足を運んだのだ。

到着早々いきなり、ロダンの『地獄の門』の大きなブロンズ彫刻に圧倒され、私は興奮しながら入館してコレクションを堪能《たんのう》していた。

だが途中、一枚の絵画の前で私の足は竦《すく》んでしまった。

そこには、ギュスターヴ・クールべという画家の『波』と題された油彩画が展示されていたのだ。

その絵は実に不穏で、灰色がかった重い曇り空がキャンバスの上半分を占め、下半分には荒れてうねる暗緑色の大きな波がこちらに向かって押し寄せてくる海が描かれていた。その、ただならぬ様子の波の右半分は手前に描かれた黒い岩に打ちつけられて砕け、残りの左半分は、眺《なが》めている私を巻き込むようにして、今にも崩れ落ちようとしていた。

比喩《ひゆ》などではなく、私は恐怖で鼓動が早くなり掌《てのひら》にじわりと汗を握りしめながら、長い間そこに立ちつくしていたことを覚えている。

後日、西洋美術館では、やはり松方コレクションとして、エドゥアール・マネの『嵐の海』という油彩画も展示したらしい。こちらは何かの写真で観ただけだったが、やはり不吉な曇り空と、暗緑色の海原の奥に、不安定そうに浮かぶ帆船が描かれていた。こういった絵画を観ると「海」の本質は「晦い水」であると感じざるを得なくなる……。

私は視線を上げた。

真っ青な空。

白く輝く太陽の眩《まぶ》しい光を受けて輝く、青く澄んだ水を湛《たた》えた「明るい海」が今、私の目の前に広がっている。

遥《はる》か遠くを遊覧船が滑るように走り、のどかで幸福な一日を予感させる海がある。

「晦さ」など微塵《みじん》も感じさせない、安閑として平和な海だ。

ここは、関門《かんもん》海峡。壇《だん》ノ浦《うら》。

元暦《げんりゃく》二年（一一八五）三月二十四日。源平合戦の主戦場だ。

この場所で平家は滅亡し、清盛《きよもり》の孫・安徳《あんとく》天皇の幼い命は水底に消えた。見るからに明るく青い海は、現在もまだ多くの武士たちを呑み込んだまま、穏やかに輝いているのだ。

故にわが家では、毎年の祭に参列している。彼らの慰霊と、私たちの将来の平穏を祈るために。

私は、自分のお腹《なか》の中に新しい生命の鼓動を感じながら、生まれた時から私を見守り続けてくれているこの海を愛おしく眺め、心から祈り上げた。

私も無事、立派な「母」になれますようにと。

《平等院《びょうどういん》の虚空《こくう》》

源兵庫頭頼政《げんひょうごのかみよりまさ》は、三百余騎ばかりにて、
五条河原、西の面に控へたり。

『平治《へいじ》物語』

京都府・亀岡《かめおか》市といえば、明智光秀《あけちみつひで》の丹波《たんば》亀山《かめやま》城が有名だ。現在は、その跡——石垣しか残ってはいないが、古い写真などを見れば、当時は間違いなく威容を誇っていたことが窺《うかが》われる。

また、JR亀岡駅から北に数キロ行けば、出雲《いずも》大社が島根県に鎮座《ちんざ》する以前から奉斎されていた、いわゆる元出雲《もといずも》の「出雲大神宮《いずもおおかみのみや》」がある。江戸の末期まで「出雲大社」といえば、ここ亀岡の出雲大神宮を指していたという。

そして、もう一つの名所がこの小山。

頼政塚《よりまさづか》だ。

畑中辰夫《はたなかたつお》は、頂上の塚へと向かう長い石段の途中で「ふうっ」と一息ついた。七十五歳を間近に控えて、この長い石段は少々きつい。若い頃は一気に駆け上がれたが、今そんなことをしようものなら、途中であの世に旅立ちそうだ。

辰夫は、ゆっくりと歩き出す。

日の出時刻を過ぎたばかり。いつもと変わらぬ清掃ボランティアだが、今日は珍しく一人だった。箒《ほうき》と塵取《ちりと》りを両手に、塚を目指してゆっくり登りながら思う。

他の二つの名所ほど一般的ではないこの「頼政塚」と聞いて「ああ、あの人物の塚だね」とすぐにピンとくる人間は、なかなかの「源平」通か、もしくは「妖怪」通に違いない。

頼政は、敗れはしたものの全国の源氏に魁《さきが》けて、打倒平家に立ち上がった人物だからだ。彼の挙兵が、木曾義仲《きそよしなか》や頼朝《よりとも》、そして義経《よしつね》らを立ち上がらせ、結果的に平家を滅亡へと追い込んだ。

また、禁裏《きんり》を騒がせた正体不明の怪物「鵺《ぬえ》」を退治したのも彼だ。

弓矢の腕を買われた頼政は、朝廷の期待に見事応えて怪鳥《けちょう》を射落とし、一気に名を上げた。

その名高い武将の遺骸《いがい》を埋めて祀《まつ》っているのが、ここ頼政塚だ——。

辰夫は、地主神を祀った塚に手を合わせると更に石段を登る。

小山から見下ろす街はすっかり明るくなり、今日も爽やかな朝を迎えていた。いつも通りの平和な街だ。静かすぎるという愚痴《ぐち》もたまに聞くが、それは人生とこの街にゆとりがある証拠。贅沢《ぜいたく》な悩みだろう。

最後の石段を登り終えると、辰夫は塚の置かれた小山の頂上へと進んだ。

そこは、草の生えた小さな広場になっており、奥は土が盛られて一段高くなっている。その中央は厚い畳が敷かれたように更に高く、真ん中には大きく立派な塚が建っている。背後には、石でできた卒塔婆《そとば》のような供養塔が何本も、まるで塚を護《まも》る兵士のように建てられていた。

非常に念を入れた造りの空間ではないか。

地元にはこんな伝承がある。

頼政塚に無礼な振る舞いをする者には、必ず恐ろしい祟《たた》りがあるというのだ。実際、面白半分に悪戯《いたずら》をした人間が命を落としたという話も聞いた。

そんなこともあって、地元ではこの場所を綺麗《きれい》に保つボランティア活動があり、辰夫もそこに参加している。

辰夫は、いつも通りに遠くから一礼すると塚に近づいたのだが……。

塚の前に何か黒い大きな 塊《かたまり》が見えた。

何だろう？

まさか、不敬な輩《やから》がゴミでも捨てて行ったんじゃないだろうなと思いながら近寄ると、誰かが横になっているらしい。酔っ払いか？

こんな場所で全く何を考えているんだ。

辰夫は怒るよりも、むしろ呆れながら段に足をかけた。

すると。

普段ならば、朝の爽やかな空気に満たされているはずの周囲には、何か不吉な臭いが漂っていた。

まさか……。

辰夫は、塚の前に横たわっている男に恐る恐る目をやったが、

〝うっ〟

吐き気を抑えるのに精一杯で声にならない。

その男は、塚の正面にできた大きな血溜《ちだ》まりの中で目をカッと見開き、早朝の空を見つめるように、仰向けに倒れていたのである。

＊

京都府警捜査第一課警部補（一人で五、六人分の苗字を持っているとよく同僚にからかわれる）中新井田保《なかにいだたもつ》は、部下でこの近辺の出身（中新井田と対照的にたった一文字の苗字）の巡査部長・城国男《じょうくにお》の運転する車の助手席に体を沈めていた。

中新井田は、同じ京都出身といっても、紅葉時の保津川《ほづがわ》下りや、トロッコ列車に乗る程度の観光でしか亀岡方面に来たことがない。故に「頼政塚」などという「名所」など、初めて耳にした。本当に「名所」なのか……？

しかし、言うまでもなく京都は深い。半世紀程度生きてきたにすぎない中新井田の知らない歴史など、そのへんにゴロゴロ転がっていることは容易に想像できる。

そして。

今朝早く、頼政塚の石碑の前で、男性が死亡しているという連絡が入った。いつも塚を清掃している地元ボランティアの、畑中辰夫という老齢の男性が発見し、通報したのだという。

しかし、腹と喉《のど》を鋭利な短刀で切り裂かれて血溜まりの中に仰向けに横たわって死亡していた男性の姿を目撃してしまった発見者は、不整脈と頻脈を併発してしまい、救急病院に緊急入院している。無理もない話だ。爽やかな朝と共に、そんな無残な光景を目にしてしまったのだから――。

その仏が割腹自殺なのか殺人なのかは断定できていないが、持ち物その他から身元は判明した。

名前は、水瀬《みなせ》正敏《まさとし》、六十一歳。

住所も保津川の近くということで、自宅に刑事が向かっている。と同時に、電話でも家族と連絡を取ろうとしているところだった。

それで、と中新井田は車を飛ばす城に尋ねる。

「その、頼政塚ってのは、何か謂《い》われのある場所なのか？」

はい、と城は答えた。

「平安時代の武将・源頼政という人物の墓といわれています。平家との戦に敗れて自害した彼の、胴体を埋めた場所だと」

「墓か……」

「頼政は、あの辺一帯を領地としていましたので、部下が胴体だけ運び込んで埋葬したらしいです。近くには、彼が守り本尊としていた地蔵――『矢《や》の根《ね》地蔵』を安置しているお堂もあります」

参考までに、と中新井田は確認の意味で尋ねる。

「その頼政ってのは、どういう人物だったんだ？」

「いえ……」城は言い淀《よど》む。「自分もそこらへんの歴史は詳しくないので……」

「そうか」

まあ、いい。

この事件に関して必要であれば後から調べるか、誰か詳しい人間から改めて話を聞けば良い。

「ただ」と城は言う。「鵺を退治した人物だと……」

「ぬえ？」中新井田は顔を歪《ゆが》めた。「ああ、名前は聞いたことがある。当時の怪物だな。北野《きたの》天満宮にも出たことがあると、何かで読んだ」

「いわゆる、怪鳥の類《たぐ》いですかね。とにかく、頼政はその化け物を退治した恩寵《おんちょう》として、朝廷からこの辺りの土地を賜《たまわ》ったらしいです」

なるほど、と中新井田は納得する。

「勇猛な武将だったってわけだ」

「はい」

城の運転する車は、住宅街を走る。見回せば新しい家が多いようだから、新興住宅地になりつつあるのだろう。

こんな場所にその塚——墓があるのか、と思っていると、やがて右手にこんもりとした小山が見えてきた。道路との境には無数の石が積まれ、古城の石垣のような光景が広がっている。

その石垣に沿ってしばらく走った後、城は突然ハンドルを右に切った。

「すみません！」城は謝る。「道を見落とすところでした」

確かに見落としてしまいそうな狭い路地だ。車は細い道に入ったが、相変わらず右手には石垣が続く。やがて前方に警官の姿が見え、城はその前で車を停めた。

「到着しました」

車を降りて、城の指さす方向を見れば、石垣の隙間《すきま》を縫うようにして、四十段ほどの狭い石段が延びている。この上が、現場らしい。中新井田たちは現場保全している警官に挨拶《あいさつ》すると、黄色い立ち入り禁止テープをくぐって、錆《さ》びついた手すりのある石段を登った。

登り切ると、目の前に立つ鉄柵《てっさく》の向こうに広いグラウンドが見えた。小学校のグラウンドのようだ。この時間は人の姿が見えなかったが、気持ちよさそうな芝生も広がっていた。

石段は、そのグラウンドを迂回《うかい》するように、平坦《へいたん》な道と急階段を織り交ぜながら右手方向に延びていた。半《なか》ば覚悟はしていたが、やはりこの小山の頂上まで登らねばならないらしい。

こんな事件がなければ、きっと爽快だろうと思われる緑に囲まれた石段を登って行くと、突然景色が開けた。古い木製の鳥居が建ち、その向こうには大きな石碑と、亀岡の街並みが見えた。

しかし、現場は更にこの上だった。

中新井田と城は一息つくと、今度は足元の危なっかしい自然石の石段を登る。登るよりも降りる時の方が危険そうな石段だ。

さすがに息が切れそうになった頃、ようやく現場に到着した。頂上の空間の中央には、ひときわ立派な自然石の塚が建っていた。塚の両脇には、きちんと花も供えられ、その周囲で大勢の鑑識たちが立ち働いている。

塚に向かう途中で、中新井田はそばに立てられた説明板にチラリと視線をやった。そこには、頼政が大江《おおえ》山の酒呑童子《しゆてんどうじ》退治の源頼光《らいこう》の子孫であること、城が言ったように鵺退治をした結果、ここに領地を拝領したこと、平家追討の兵を挙げたが戦い敗れて自刃し、その遺骸（胴体）を家来が持ち帰り、この場所に埋めた——云々《うんぬん》と書かれていた。

中新井田は、軽く頭を振りながら進むと、刑事や鑑識に「ご苦労さん」と挨拶して遺体に近づいたが、一目見ると顔をしかめ、顔見知りの鑑識に話しかけた。

「こいつは酷《ひど》いな。文字通り、全身血まみれだ」

ええ、と鑑識は答えた。

「頸動脈《けいどうみゃく》と腹部ですからね。綺麗な切腹です」

「凶器は？」

「あちらに」鑑識が指を差す。「短刀です」

「……死亡時刻は推定できるか？」

「今のところは、昨夜としか。でも、もっと絞れると思います」

「こんな状況じゃ、殺害現場はここで間違いなさそうだな」一段下まで流れ落ちている血を眺めながら、中新井田は言う。「まさか、遺体をどこかから運んできたわけじゃあるまい」

「周りの状況を見ても、その通りでしょう」鑑識は頷《うなず》く。「現場には、数人の足跡が見られますし」

「数人？」

「第一発見者や他のボランティアたちの物も含まれていると思いますので、今のところは断定できませんがね。ただ、それよりも――」と鑑識は首を捻《ひね》る。「遺体なんですが、首と腹の、どちらを先に切ったのか。何とも言えません」

「なに？」中新井田は顔を歪めて詰め寄った。「通常の切腹じゃないってことか」

ええ、と鑑識は硬い表情で答える。

「先に首を切って、後から腹を割《さ》いたという可能性も……」

「そうだとすれば」中新井田は無精髭《ぶしょうひげ》の顎《あご》を撫《な》でる。今朝、これから髭を剃《そ》ろうという時に呼び出されたのだ。「切腹自殺ではなく、完全に殺人《ころし》ということだな」

「はい」

「殺人だとしたら、仏さんの首を切っておきながら、その後でわざわざ腹をかっさばいた、ってのは解《げ》せないですね」

「確かに」

城の言葉に中新井田は首肯《しゅこう》した。

スッパリと頸動脈を切断したのなら、息の根を止めるのには充分だったろう。理屈に合わない。

「余程の怨恨《えんこん》かな」

「その辺りのことは、我々には何とも――」

もしかして、と城が首を捻った。

「被害者が何か呑み込んでいた物を、無理矢理に取り出そうとしたとか？　麻薬の運び屋が使う手口ですがね」

「いえ」鑑識は首を横に振った。「内臓を切断するほどは、深く割かれていないようです。せいぜい皮膚から数センチってとこでしょう。脂肪までです」

「そうですか……」

「とにかく、司法解剖の結果を待つとするか」中新井田は遺体搬出の指示を出しながら、鑑識に尋ねる。「ほかに、何か気がついたことはあるかね？」

「今、調べているんですが」鑑識は振り返った。「あの石碑の一部が、欠けているようなんです」

えっ、と大声を上げたのは城だった。

「欠けているって、どういうことですか」

「そのままです」鑑識は答える。「真新しい傷のようなので、念のために確認しています」

「仏さんが倒れた時に、ぶつかってついた傷とかではなく？」

「いいえ」鑑識は首を横に振った。「位置を見ても、全く関係ないですね。誰かがわざわざ壊したもようです。殺害前か後かは、分かりませんが」

「それは……」

と絶句する城の横で、

「ふん」中新井田が鼻を鳴らした。「これが本当に殺人だとすると、犯人は色々と小細工をしたかも知れないってことか」

その時、一人の若い刑事が走り寄ってきて、水瀬正敏の家族に連絡がつかなかったことを告げた。

「身内はいないのか？」

はい、と刑事は弱々しく答える。

「仏さんの両親はすでに他界しており、奥さんも数年前に亡くなっているようで、息子の義正《よしまさ》氏と二人暮らしだったらしく」

「その息子は？」

「自宅にもおらず、出社もしていないようで、全く連絡が取れずに行方不明とのことでした」

「いつからだ」

「近所の人たちの話では、昨夜頃からではと――」

中新井田は、城と視線を合わせる。

その息子を捜し出すしかなさそうだ。

そう決意した中新井田の隣で、

「しかし……」

と城が硬い表情を崩さずに嘆息した。

「どうした？」

尋ねる中新井田に「実は……」と城は困ったように答えた。

「地元では、頼政塚に無礼なことをしたり傷をつけたりすると、必ず祟りがある、という伝承があるんですよ」

「祟り？」

「今は若い人たちが多く住んでいるようですから、そんなこともないんでしょうが、自分などは祖母からきつく言われていました。塚の周りで遊ぶんじゃない。失礼なことをするんじゃないと。実際に面白半分に石碑に傷をつけ、その後、命を落とした人間もいたそうです。こちらに警告文も——」

と案内されて、立て看板に目を落とせば、確かにそこには「警告文」が立っていた。この塚を汚したり傷つけたりすることは命に関わる。過去にも命を落とした者がいるので、決して無礼のないように——と。

塚の祟りとは、また前近代的な……。

と言いかけて中新井田は、思い留まった。

東京にもあるというではないか。しかも、皇居の目の前、近代的なオフィスビルが林立する大手町《おおてまち》に、あの「将門《まさかど》塚」が。

過去にその塚を移転しようとした人々が何人も命を落とし、現在でも周囲のオフィスビルでは、将門塚に尻を向けないように各人の席が配置されているという噂だから、この話も一概に嗤《わら》い飛ばすことはできないのか。

とにかく――。

「まずは息子の義正を捜そう」中新井田は歩き出した。「その、祟りってやつに襲われる前にな」

＊

朝の日差しを受けて、ゆったりと流れる宇治川《うじ》を渡ると、電車はすぐJR宇治駅に到着した。

改札を出て南口階段を降りると、茶所・宇治らしく、深緑色の大きな茶壺《ちゃつぼ》型郵便ポストが出迎えてくれた。そのポストを囲んで楽しそうに記念撮影している若い女性たちを微笑《ほほえ》ましく眺めながら、棚旗奈々《たなはたなな》は宇治・平等院へと続く道を進む。

遥か昔、修学旅行でやってきた時は大型観光バスで直行し、見学後も、そのままバスに乗って帰ったので、この道は通らなかった。でも今回は駅からこうやって、老舗《しにせ》のお茶屋さんや、土産物屋や、旅館が建ち並ぶ街並みを歩く。スーパーなどもあるから、地元の人たちにしてみれば、日常的に利用する商店街のようだけれど、なかなか風情のある道だ。

奈々の少し斜め前を歩いているボサボサの髪型の男性は、桑原崇《くわばらたかし》。仏頂面なのはいつも通り。でも今日は、かなり心を弾ませているのが（多分、奈々にだけは）良く分かる。

昨夜は二人で京都市内に泊まって、こうして朝一番で宇治にやってきた。崇も奈々と同じくらいの睡眠時間のはずなのに、とても元気だったが、さすがに奈々は昨日の疲れとお酒が、まだ残っていた。

昨日は、妹の沙織《さおり》の結婚式だったのだ。


沙織は五年前、二十七歳で一度結婚している。

だが結婚二年目、まだ子供がお腹にいる頃に、新居の金沢《かなざわ》で色々な事件が起こり、出産後に離婚してしまった。

その後は、子供——大地《だいち》を連れて実家の鎌倉《かまくら》に戻り、両親と一緒に暮らしていたのだが、今年、突然再婚することになった。

奈々も、ここ一、二年、自分自身のことで忙殺されていたので、その話を聞かされた時は本心から驚いてしまった。

まさに、驚天動地の出来事。

何とその再婚相手は、奈々の母校・明邦《めいほう》大学の先輩で崇と同学年の、小松崎良平《こまつざきりょうへい》という、フリー・ジャーナリスト。

先輩と言っても奈々たちとは学部が違って、文学部社会学科卒。大学時代は、体育会空手部の主将まで務めた男で、その大きな体型から、崇などは「熊《くま》つ崎《ざき》」と呼んでいたが、最近は大幅に省略して「熊」だけ。沙織は「熊崎さん」と呼んでいたが、これからは何と呼ぶのだろうか……？

卒業後も奈々は、崇と三人でしょっちゅう飲みに行っていたし、つき合いも長いので、小松崎の一見がさつな言動は表面的なもので（その外見とは違って）とても繊細な男性だということも知っている。だから、我《わ》儘《まま》な妹・沙織を奥さんにして本当に大丈夫なのか？　沙織に振り回されてしまうのではないか……と本気で心配した。

今回、沙織の強い希望で、ごくごく身内だけで京都・八坂《やさか》神社での挙式となった。相変わらず身勝手な妹だ。

しかし小松崎はその提案を全て飲んでくれ、こうして「大安・神吉《かみよし》」の昨日、無事に八坂神社での挙式を終えることができた。

小松崎は何かと沙織を気に掛けてくれていたような気がするし、沙織はもちろん長男の大地も、きっと可愛がってくれる。

そう感じて昨日、

「沙織たちを、よろしくお願いします」

羽織袴《はおりはかま》姿の小松崎に向かって、頭を下げた。すると小松崎は、

「泣くな泣くな」と笑った。「二人のことは任せとけって。こっちは大丈夫だから」

そこで奈々も泣き笑いしながら、

「ありがとうございます」

更に深々と頭を下げた。

いやいや、と小松崎は言う。

「俺の方こそ、ありがとうな。奴を無理矢理京都まで引っ張ってきてくれて」

もちろん、崇のことだ。

「いえ、そんな！　当たり前のことです」

奈々は答えたけれど――。

実は、この話を初めて聞いた時に崇は眉根を寄せながら、

「どうして、わざわざ八坂神社で挙式するんだ？　彼らは八坂神社や、もともとの主祭神がどういう謂われを持っているかなどに関して、きちんと知っているのか？」

などと言った。

そこで奈々が沙織に成り代わって、

「すみません……」

と謝ったのだが、崇も「京都」に行けるという点は気に入ったようで、結局「慶《よろこ》んで出席」することとなった。身内だけの挙式後は、披露宴もなしで現地解散――とい

うスケジュールが良かったのかも知れない。

そして、挙式後。

沙織が両親や子供と一緒にホテルに帰ってしまうと、新郎（！）の小松崎に声をかけられて、崇と奈々たちは、八坂神社近くの日本料理店で祝杯を挙げることになったのである。

「新婚旅行は、また時期を見てゆっくり出かけるから、今夜は全くのフリーだ。つき合え」

と小松崎は言った。

双方の両親や沙織の許可を得ているとは言うものの、流石《さすが》にそれはどうなんだろう？　……と奈々は思ったが、実は「宴席がなかったので崇に何かご馳走《ちそう》して欲しい」という、沙織や両親からの頼みだったらしい——。

こんなイレギュラーな挙式で良いのかと、不可思議な気分を抱きつつ、結局いつもの三人で夕暮れの河原町《かわらまち》に出た。

カウンターだけのこぢんまりとした日本料理店に入ると、崇と奈々は地酒を、小松崎は生ビールを注文する。料理は、コースが一種類だけということで、お店にお任せ。

お酒が運ばれてくると、早速三人で乾杯する。

先付けの百合根《ゆりね》を口に運びながら伏見《ふしみ》の冷酒を飲むと、奈々はそれだけで幸せになる。小松崎と崇に、今日は一日お疲れさまでした、と改めてお礼を言ったが小松崎は、もう親戚なんだからそんな堅苦しい挨拶は止めだ、と笑った。

すぐにお造りや炊《た》き合《あ》わせなどの料理も運ばれてきて、小松崎が早くも生ビールをお代わりすると、崇も今度は違う銘柄《めいがら》の伏見の地酒を注文した。二人とも、いつになくペースが早い！

やがて、気持ち良く酔いが回ってきた頃、小松崎たちの新婚旅行の話になり、何とか時期を見つけて数日でも良いから出かけたいなどと小松崎が言うと崇は、

「やはり、国内がいいな」

と言い、

「まあな」小松崎も頷いた。「大地もいるから海外は難しいし、第一余り時間が取れねえしな。国内で、どこかあるか？」

「九州、宮崎なんかはどうだ」

「素敵ですね！」奈々は大きく同意する。「これからは季候も良いし、霧島《きりしま》の国立公園や、美味《おい》しいマンゴーも」

「いや！　やっぱり、何はともあれ鰹《かつお》の炙《あぶ》りと、焼酎の蔵巡りだろうな、うん」

大きく頷く小松崎を、そして奈々を見て、

「何を言ってるんだきみらは」崇は呆れたように、ぐい呑みを空けた。「宮崎といっ

たら、高千穂《たかちほ》に決まってるだろう。高千穂神社、槵觸《くしふる》神社、天岩戸《あまのいわと》神社、天安河原《あまのやすのかわら》だ。現地で一泊して、高千穂夜神楽《よかぐら》も見逃せない」

「は？」

「高千穂の次は、伊弉諾尊《いざなぎみこと》が禊《みそ》ぎ祓《はら》えした『日向《ひむか》の橘《たちばな》の小戸《おど》の阿波岐原《あわぎはら》』がある江《え》田《だ》神社。ここも外せないな。そして、ぐっと南に下がって、神武《じんむ》天皇の父神・鸕鶿草《うがや》葺不合命《ふきあえず》を祀っている鵜戸《うど》神宮」

崇は冷酒を手酌《てじゃく》で注ぐと微笑んだ。

「実に憧れる」

「バカか」小松崎は吐き捨てる。「新婚旅行だぞ」

「余計に素晴らしいじゃないか。特に熊は、まず禊ぎ祓えをした方が良い」

「さっき、きちんと本殿で祓ってもらったよ」

睨《にら》む小松崎に崇は、

「あれくらいじゃ足りない」本気か冗談か判別しがたい真剣な顔で言う。「もっと、きちんとやらなくては」

「タタルこそ、ちゃんと祓ってもらえ」

タタル——というのは、崇のこと。

大学時代から「崇」と「祟」の文字が似ているのと、趣味が寺社巡りと墓参りということから「祟」ではなく「タタル」——「くわばら・タタル」と呼ばれ、未だに誰からも（奈々も含めて）そう呼ばれている。

ふん、と祟は鼻で嗤った。

「毎朝、祝詞《のりと》を唱えてる」

「足りねえな」小松崎は三杯目の生ビールを空けた。「だから、いつもいつも殺人事件に巻き込まれるんだ」

すると「それは」と言って、奈々を見た。

「彼女のせいだ。俺のせいじゃない」

えっ。

思わず冷酒をこぼしそうになった奈々を、小松崎はじっと見つめると、

「そりゃあ……確かにそうだ」

あっさり肯定する。

違う！

どう考えても、これは祟——。

抗議の声を上げようとした奈々を無視して、

「では、四年ほど前に行ってきたんだが」と祟は、旅行の話題に戻した。「大分《おおいた》あたりはどうだ？」

「別府《べっぷ》温泉や湯布院《ゆふいん》なんてのもあるが……どうせ神社だな」

「神社じゃない」崇は首を横に振った。「神、宮だ。宇佐《うさ》神宮」

「は？」

「素晴らしかったぞ。また行きたいな。それにあの辺りは、宇佐神宮だけじゃなく、他にも色々と面白い場所だらけだ。一柱騰宮《あしひとつあがりのみや》、百体《ひやくたい》神社、化粧《けしよう》井戸、凶首塚《きようしゆづか》古墳」

不吉そうな名称を口にする。

「分かった分かった」と小松崎は苦笑いしながら崇の言葉を遮《さえぎ》ると、穴子の天ぷらに箸《はし》を伸ばした。

「しかしそれは、奈々ちゃんと二人で、ゆっくりまわってくれ。神社仏閣三昧《ざんまい》でな。それで」

崇を見る。

「明日はどうするんだ？」

「京都をまわる」崇はぐい呑みを傾ける。「熊は？」

「俺か」小松崎もグラスに口をつけた。「タクシーを借り切ってあるから、両親を連れて、こっちも京都見物だ。清水寺《きよみずでら》や三十三間堂《さんじゆうさんげんどう》に東寺《とうじ》——。修学旅行みたいなもんだな。タタルは、またマニアックでへんてこりんな場所に行くんだろう」

「宇治。平等院だ」

は？　小松崎は、それこそ「へんてこりん」な顔をした。

「そいつはまた、どうしたんだ」

「どうしたもこうしたもない。平等院に行く」

「奈々ちゃんの希望か？」

「いや。俺が行きたいんだ」

「へえ」小松崎は笑いながら奈々を見た。「怪しいもんだ。本当は、奈々ちゃんが抹茶を飲みたいとか、抹茶ソフトクリームを食べたいとか、抹茶パフェ――」

違う！　と奈々が再び主張しようとした矢先に、

「いいや」崇が否定してくれた。「俺が、行きたい」

「ほう……」小松崎は、まだ疑わしそうに崇と奈々を見た。「まあ、宇治は良い場所だからな。楽しんできてくれ。但し」

再び奈々を見る。

「殺人事件にだけは巻き込まれないように注意してくれ」

「そんなこと、あるわけないじゃないですか！」奈々は笑いながら否定した。「だって、平等院に行くだけですよ。平安王朝文化の極みです」

「それなら良いけどな」

小松崎は笑うと、生ビールと地酒を追加して、いつも通り三人の飲み会は延々と続き――。今日こうして崇と二人、宇治にいる。

やがて目の前に、広い交差点が現れた。

宇治橋西詰《にしづめ》だ。

平等院は、ここから右手方向に歩いて行くらしいが、奈々たちはそのまま直進し、横断歩道を渡って橋の袂《たもと》まで進む。

眼下には、先ほど車窓から眺めた青々とした宇治川が流れ、幅約二十五メートル、全長約百五十メートルという立派な宇治橋が架かっている。

奈々は崇と並んで、香り立つような檜《ひのき》造りの高欄が渡されている橋を歩く。すると中央付近に、上流に向かって張り出している空間があった。一見、見晴台《みはらしだい》のようだ。崇に尋ねると、そこは景色を眺めるために造られたわけではなく「三《さん》ノ間《ま》」といって、宇治川と宇治橋守護のために「橋姫《はしひめ》」――宇治の橋姫を祀っていた場所だと教えられた。その後、時代が下って豊臣秀吉《とよとみひでよし》が、茶の湯に使う水を、ここから汲《く》ませたのだという。現在でも年に一回だけ「名水汲み上げの儀」が執り行われている……。

宇治。

橋姫。

遥か遠い昔にどこかで聞いた気がする。

そうだ。

もう十年以上も前、やはり京都。

崇や小松崎、そして大学の後輩・斎藤貴子《さいとうたかこ》と一緒に、彼女の兄が巻き込まれてしまった事件——「六歌仙と七福神」の事件を追って貴船《きぶね》まで行った時だ。その事件の中核にいた人物の口から聞いた。

さむしろに衣《ころも》かたしき今宵《こよい》もや
　我をまつらむ宇治の橋姫

という、詠み人知らずの歌。

懐《なつ》かしく——というより、忘れていた胸の痛みと共に思い出す奈々に、

「『古今和歌集』などでは」崇は続ける。「今言ったように橋姫を宇治橋の守り神として詠んでいるが、もともとは違った」

「貴船《きふね》神社——丑《うし》の刻参りですね」

「そうだ」と崇は首肯する。「その『丑の刻参り』とは少しニュアンスが違うが『平家物語』や『源平盛衰記』などによれば、憎い男を取り殺そうとして貴船神社に七日間籠《こ》もった女性が、生きながら鬼と化したという。あるいは、巨椋《おぐら》池の彼方《かなた》に出かけ

た夫の帰りをひたすら待ち続けたが、悲しみの余り命を落としてしまった一人の女性が『橋姫』となり、やがて鬼神と化して、京の人々を次々に食い殺したともいわれている」

「恐ろしい話ですね」

身震いする奈々を見て、

「いや」と崇は首を横に振った。「以前に言ったかも知れないが、全く逆だ。『丑の刻参り』を行って鬼になってしまった女性を描いた『鉄輪《かなわ》』という能がある。この『鉄輪』というのは、鬼になるために火を点《とも》した蠟燭《ろうそく》を立て、頭に被った五徳《ごとく》のことだ。この丑の刻参りの結果、見事に鬼女となった後シテが登場するんだが、その際に被るのが『橋姫』という面《おもて》で、般若《はんにゃ》にも似ている」

「……やっぱり、怒りに身を任せている女性なんじゃないですか？」

「般若の本質は、怒りじゃない。悲しみだ」

「えっ」

「歌人で文芸評論家の馬場《ばば》あき子《こ》は、こう言った。たとえば鏡を見ながら般若のような顔を作ってみてください。すると、怒りだけでは般若の顔にはならない。そこには悲しみが必要だ――と」

「あ……」

「そして『橋姫』の面も、じっくり眺めれば、とても悲しそうな表情をしているよ。この『橋姫』に関して、沢史生《さわしせい》は、

『橋姫の本来は、愛《は》し姫であったはずだが、それが端《は》し姫にされてしまった……王権からは、男女一体神としての存在を、拒《こば》まれた神だったのである』

と言っているしね」

「端……姫ですか」

ああ、と崇は言った。

「平等院に行く途中に、橋姫神社があるから、寄ってご挨拶して行こう」

「はい」

と答えてから奈々は、ふと思って尋ねた。

「もしかしてタタルさんは、その橋姫を調べてみたかった——？」

三年前の八月。

小松崎が持ち込んできた事件で、山梨《やまなし》・石和《いさわ》の鵜飼《うか》いを見物に行っていた奈々たちは、長野《ながの》県・安曇野《あづみの》の穂高《ほたか》神社まで足を伸ばすことになった。その事件が何とか解決して東京に戻った後で崇が、

〝実はゆっくりと行きたい場所があるんだ〟

と切り出したのだ。どこですか？　と尋ねると、

〝京都・宇治だ。平等院〟

〝最近、ちょっと変なことに気づいてね。まだ一人として手をつけていない謎だ。それを探ってみたい〟と言う。

一般的に言われている以上の秘密が隠されているということ？　と更に訊くと、

〝一般的にも何も、表に出てきてもいない〟

〝いつになるかは約束できないが、それで良ければ一緒にどうかな〟

崇は答えた――。

ところが、

「橋姫も興味深いけれど」崇は笑う。「もっと、違う大きな謎がある」

「もっと大きな謎！」奈々は目を丸くする。「それは？」

ああ、と崇は答えた。

「歩きながら話そう」

そう言いながら、宇治川を背に巻物を広げている紫《むらさき》式部《しきぶ》の坐像《ざぞう》を過ぎる。

『源氏物語』のラストが、いわゆる「宇治十帖《うじじゆうじよう》」――宇治の地を主な舞台として書かれていることから、今や宇治は『源氏物語』の里のようになっている。最近では、紫式部と『源氏物語』に特化された「源氏物語ミュージアム」という博物館も創設されたという。

前方を見れば道が二つに分かれて、右手の道には大きな石鳥居が立っていた。

平等院――寺院なのに鳥居？

不思議に思った奈々が覗き込むと、柱の根元には「縣《あがた》神社参道」と書かれた立て札があった。その名前を聞いたことがなかったので崇に尋ねると、

「ああ」と答える。「ここから真《ま》っ直《す》ぐ五百メートルほど行った所に鎮座している神社だ。普通に『県《あがた》神社』と書かれるけどね。主祭神は、木花之《このはなの》開耶《さくや》姫《ひめ》。昔からこの地の守護神で、平等院が建立される以前から祀られていたらしい」

「平等院より古くから！」

「藤原　道綱母《ふじわらのみちつなのはは》の『蜻蛉《かげろう》日記』にも名前が登場するし、江戸時代の俳人・西山宗因《にしやまそういん》なども、

　宇治橋の神は茶の花さくや姫

などと詠んだりもしている」

崇は笑うと、鳥居をくぐった。

その「県神社」に参拝するのかと思ったがそうではなく、少し先に「橋姫神社」があるのだという。

「ほら、あそこだ」

崇の指差す方を見れば、紫地に白く「橋姫神社」と染め抜かれた幟《のぼり》が、築地塀《ついじべい》の前に、数本風にたなびいていた。その塀の間に、突然木製の神明《しんめい》鳥居——二本の円柱の上に笠木《かさぎ》を載せ、その下に貫《ぬき》が通っているだけのシンプルな鳥居——が現れた。奈々たちがくぐって境内《けいだい》に入ると、すぐ右手に神社の由来として、

「瀬織津比咩《せおりつひめ》を祭神とする橋姫神社は、明治3年の洪水で流失するまでは宇治橋の西詰にありました。境内には橋姫神社とならんで、同じく水の神である住吉神社が祀られています……云々」

とあった。

狭い境内の覆い屋根の下には、それぞれ一間社《いっけんしゃ》の小さな祠《ほこら》のような社が二つ並んで建っている。向かって左手が「橋姫神社」。そして右手が「住吉神社」だ。

崇の話を聞いていたせいか、触れたら切れてしまいそうなほど境内の空気が張りつめている気がした。さすが「祓戸《はらえど》の大神《おおかみ》」の一柱・瀬織津姫……と感嘆しながら、奈々は静かに参拝すると、社務所も閉まって静謐《せいひつ》な境内を、無言のまま後にした。

崇は更に先へ進み、奈々もその後を追う。

しかし奈々たちの前には、住宅街を走る片側一車線ずつの車道が一直線に続いているだけで、前方には、平等院らしき建物など何も見えない。

すると崇は突然、一軒の民家の脇の細い路地を左折した。

えっ、と思って奈々が辺りを見回すと、左向きの小さな矢印と共に、

「平等院」

と、見落とさない人がいるのかと思えるほど目立たない案内板が、電柱に架かっていた。道は間違っていなかったらしい。

よくもまあ、こんな道を知っているものだと半ば呆れながら、細い路地を崇の後に続く。

「さて、いよいよ平等院だが」崇が尋ねてきた。「奈々くんは、どの程度知っている？」

そこで奈々は正直に、昔、修学旅行で一度来ただけで、しかもその時は他の学校からも大勢やってきていたので、鳳凰堂《ほうおうどう》の前で「本当に十円硬貨の表の絵と同じだね」などと笑って、全員で記念撮影しただけで終わってしまった——と告げる。

すると崇は、

「じゃあ、少し説明しておこう」と言って奈々を見ると「折角だからと思って、きちんと勉強してきたから」

嬉しそうに口を開いた。

「平等院は、寛平《かんぴょう》元年（八八九）、嵯峨《さが》天皇皇子の源 融《みなもとのとおる》が築いた『宇治殿』が嚆矢《こうし》となり、その後は数々の天皇の離宮となった。やがて、長徳《ちょうとく》四年（九九八）に、時の左大臣・藤原道長《みちなが》が譲り受け、道長逝去後に、子の頼通《よりみち》によって本堂が建立され『平等院』と号したんだ。山号《さんごう》は『朝日山《あさひさん》』。本尊は、像高三メートル弱の阿弥陀如来《あみだにょらい》坐像。その本尊完成に伴って、次々と堂宇が建立されて、翼を広げた鳳凰を思わせる入母屋《いりもや》造りの中堂が造られた。その屋根には一対の鳳凰が飾られ、左右には切妻《きりづま》造りの翼廊が、中堂の背後には尾廊が建てられた。これが、いわゆる『鳳凰堂』だ。また、建物前面にまわると、鳳凰堂は阿字《あじ》池に浮かぶように見える。これは阿弥陀如来のいらっしゃる宮殿を模《も》したものといわれている」

崇は一気に喋《しゃべ》ったが、奈々はまたしても、果たしてこの道で正しいのかと不安になっていた。

というのも、細い路地の両脇は、民家と小さな駐車場ばかりで、しかも道がくねっているので先が見えないのだ。きちんと合っているのか……？

しかし、やがて路地は、たくさんのお茶屋さんや土産物店や食堂が軒を並べている平等院の広い表参道と合流した。さすがにまだ時間が早いので、どこのお店も開いていなかったが、観光客らしき人の姿はチラホラ見える。

奈々はホッと胸を撫で下ろし、

「それで」崇に尋ねる。「平等院に、どんな謎が?」

「今言った源融も、光源氏のモデルとも言われたり、自分の邸宅だった六条・河原院《かわらのいん》に幽霊となって出現したりと、非常に怪しい人物だ」

光源氏のモデルなのに幽霊!

「で、でも……確か『百人一首』にも選ばれている人ですよね」

「そうだ。

陸奥《みちのく》のしのぶもぢずりたれゆゑに
　乱れそめにしわれならなくに

の歌で載っている。『河原の左大臣』だな。ただ彼は『融』という能にまでなっている。能になっているということは、つまり、怨霊《おんりよう》だ」

「え……」

「しかし今回の謎は、融でも、彼の邸宅だった平等院でもない」

崇は奈々を見た。

「源頼政だ。鵺退治で有名な、源三位《げんざんみ》頼政」

「頼政……？」

「この、いわゆる『源平合戦』に関しては、一般に言われている以上に謎が多い。有名なところでは、池禅尼《いけのぜんに》の頼朝助命嘆願や、義経の鵯《ひよどり》越坂落とはなかった、というような点だ。だが、これらに関してはまた違う機会に話そう。ちゃんと研究している人もいるし」

「そんな人が？」

ああ、と崇は答える。

「俺の知り合いの、元助教授だ――。しかし俺は、それより、もっと深く根本的な謎があったことに気づいた。『源平合戦』の本質に関わるような、大きな謎が」

「本質！」奈々は尋ねる。「それが、頼政？」

そうだ、と崇は大きく頷く。

「この合戦によって、栄華を誇っていた平家が滅びてしまった。まさに『平家物語』の『諸行無常《しよぎようむじよう》』『盛者必衰《じようしやひつすい》』。『たけき者も遂《つい》にはほろびぬ、偏《ひとえ》に風の前の塵に同じ』――だね。そのきっかけを作ったのは、治承《じしよう》四年（一一八〇）の、以仁王《もちひとおう》による平家打倒の令旨《りようじ》であり、それに呼応した源頼政の挙兵だ」

「……そこに、どんな『根本的な』謎が？」

「当時の頼政は、七十七歳だったんだよ。しかも、前年に出家までしている」

「七十七歳！」

「そんな老齢なのに、しかも高官位を得て隠居し、悠々自適の暮らしだったのに、それら全て、いや自分たち一族の命を捨ててまで挙兵した。その思い——執念とは、何だったのか。一体何がそれほどまでに、頼政と彼の一族を突き動かしたのか？　それを知りたい」

「一般的には、どうなんですか？」

「誰もが疑問に感じたんだろうね。だから、実にさまざまな理由づけが行われているが、少なくとも俺は納得できない。そんな話も追々しよう」

崇が言って奈々が「はい」と頷いた時、二人の目の前に、

『平等院』

とだけ刻まれた大きな石の寺号標が現れた。そこから広い石畳の参道が、わずかに左に折れ曲がりながら続く。

二人はポツリポツリと観光客の姿の見えるその参道を歩いて行ったのだが——。

「あら……」奈々は指差した。「まだ開門していないんじゃないですか？」

朱塗りの立派な表門は閉ざされ、その手前には柵が置かれていた。

「えっ」

崇は足早に受付に近づく。

ところが、やはり受付も閉じていて、開門は八時半、と書かれていた。どうやら崇が勘違いして、早く来すぎてしまったらしい。

でも、時計を確認すればもうすぐ八時だから、どこかで三十分ほど時間を潰せば良い。そこで、さっきの話に出てきた「県神社」にお参りすることになった。ここからならば、すぐだ。境内を横切れば、もっと近いらしいが、それは仕方ない。少しだけ回り道をして、奈々たちは県神社に向かった。

その間に、崇は話の続きをする。

「頼政は、長治《ちょうじ》元年（一一〇四）、摂津《せっつ》源氏の兵庫頭・仲政《なかまさ》の長男として生まれた。この摂津源氏は、大江山の酒呑童子退治で有名な、源頼光《らいこう》――頼光《よりみつ》の子孫に当たる。頼政は、頼光の玄孫《やしゃご》だ。頼光――清和《せいわ》源氏の正統な血筋になる」

え？　と奈々は首を傾げる。

「今、タタルさんは『摂津源氏』って……」

ああ、と崇は頷いた。

「源氏は、臣籍降下《しんせきこうか》――つまり、皇族だったけれどその身分を離れて臣下となった清和天皇の皇子たちから始まっている。平将門《たいらのまさかど》の話をした時に言ったが、源経基《つねもと》が源氏の祖ともいわれていて、経基の子が武士の始めとされる源（多田《ただ》）満仲《みつなか》で『清和源氏』。そして、彼の三人の子供たちが『大和《やまと》源氏』『摂津源氏』『河内《かわち》源氏』と分かれていったんだ」

「ああ。そういうことなんですね」

「ちなみに、満仲の三男・頼信《よりのぶ》から分かれた河内源氏の子孫には、八幡太郎《はちまんたろう》・義家《よしいえ》から繋がる、頼朝や義経や実朝《さねとも》たちがいる」

「鎌倉幕府を創った人たち！」

「そう……なんだが」

崇は言い淀んだ。

「本来の『正統な』源氏といえば、やはり頼光から繋がる頼政たちの血統だろうな」

「でも、何故《なぜ》か途切れてしまった――」

「何故か、だって？」

崇は急に足を止めると、奈々を見つめた。

「奈々くん」

「は、はいっ」

「何故か、じゃないんだ。そしてそれが、いわゆる『源平合戦』の、非常に重要なポイントに繋がっていると思う」

「源平の……重要なポイント、ですか」

そうだ、と崇は断定した。

「しかし、そこには大きな謎がある。今まで全く誰も触れていない——そのまま、あっさりとスルーしてしまっている謎がね。今回俺は、その謎を解きたいんだ」

「それが、平等院と関係している?」

おそらくは、と崇は頷いた。

「俺もまだ、謎の全貌《ぜんぼう》をつかめているわけじゃない。だからこそ、確かめたい」

今まで、誰一人として言及しなかった謎……。

奈々が無言のまま頷いた時、県神社に到着した。


とても、こぢんまりとした境内だった。

しかし、毎年六月五日から六日未明に執り行われる「暗夜の奇祭」は非常に有名で、多くの人出で賑《にぎ》わうと書かれている。また、境内にある井戸は、歌枕《うたまくら》としてしばしば詠まれている有名な史蹟《しせき》らしかった。そして崇が言ったように平等院より古くから鎮座しており、平等院建立に際しては、院の「鎮守《ちんじゅ》」となった、とあった。

平等院にお参りする前に立ち寄ったのも何かの縁と思い、ゆっくり参拝すると、崇と二人で来た道を戻る。

再び平等院に向かう道で崇が、

「頼政の話に戻ろう」と口を開く。「彼は今言ったように、源氏の本流の頼光から繋がる摂津源氏だ。しかし、これから話す以仁王の平家打倒の令旨に一族こぞって挙兵して、清盛らに敗れ、また一方では頼朝たちが台頭してきたために、源氏といえば彼ら、河内源氏のイメージが定着してしまっている」

確かに奈々も「源氏」といわれれば、頼朝や義経周辺の人々を思い浮かべる。そもそも歌舞伎などでも、大抵が彼らの話ばかりではないか。

「そんな頼政が五十三歳の保元《ほうげん》元年（一一五六）、保元の乱が勃発《ぼっぱつ》する。この時代は、全ての戦いが関連してくるから、この乱に関してもごく簡単に説明しておこう」

崇はペットボトルのお茶を一口飲むと続けた。

「この争いには、日本を代表する大怨霊となった崇徳《すとく》上皇が深く関係してくる。崇徳上皇は系図上、第七十四代・鳥羽《とば》天皇皇子だったが、実際は鳥羽天皇の祖父・白河《しらかわ》法皇と、鳥羽天皇中宮・待賢門院璋子《たいけんもんいんしょうし》との間の子だった。故に、白河法皇が崩御し、鳥羽天皇が上皇となって院政を敷き始めた頃から、崇徳天皇との確執が始まった。やがて、鳥羽上皇の命によって崇徳上皇皇子である重仁《しげひと》親王を差し置いて、雅仁《まさひと》親王——後の後白河天皇が即位してしまう。これによって、重仁親王の即位と崇徳上皇の院政の望みが、完全に絶たれてしまった」

おそらく……と奈々は思う。

鳥羽上皇は、ずっと崇徳天皇を嫌っていた。でも、当たり前と言えば当たり前かも知れない。自分の祖父と、自分の后の間に生まれた子だったのだから。しかもその子を、自分の皇子として育てた。

酷い話だ。

奈々は軽く頭を振る。

そこには想像もつかない確執がある……。

崇は続けた。

「同時に、藤原摂関家や源氏の中でも抗争や内紛があった。そんな中、鳥羽法皇が崩御すると、一気に事態が動き始める。天皇家も藤原家も、そして源氏と平氏も二つに割れて、文字通り京の都を二分する戦いが勃発した。これが『保元の乱』だ。しかも、後の戦国時代の武士たちのように、わざと兄弟が敵味方に分かれ、どちらが勝っても家を存続させようという戦略とは違い、本気で、崇徳上皇側と後白河天皇側に分裂して戦った。この時、頼政は清盛や、頼朝の父・義朝《よしとも》たちと一緒に、後白河天皇側についていた」

「清盛たちと一緒に？」

そうだ、と崇は頷く。

「やがて、義朝とも清盛とも争うことになるんだが、まだこの時は三人とも同志だった――。戦いは、清盛や義朝らの率いる六百騎が、崇徳上皇側に夜襲を仕掛け、一気に崇徳上皇たちは総崩れとなった。しかしただ一人、義朝の弟・鎮西八郎為朝《ちんぜいはちろうためとも》が、二メートルを越える身長から放つ特製の強弓《つよゆみ》・太矢で、劣勢を挽回《ばんかい》し始める」

為朝の名前は、聞いたことがある。三島由紀夫《みしまゆきお》の台本で『椿説弓張月《ちんせつゆみはりづき》』という歌舞伎になっていて、奈々も観た。確かその舞台では、乱の後、為朝は琉球《りゅうきゅう》に逃れてその子供が王様になったというストーリーではなかったか……。

「結局」と崇は続ける。「義朝の提案によって、御所などを焼き払い、一気に勝負がついた。主立った武将や人々も討たれたり投降したり、崇徳上皇も出頭して、保元の乱は終息した」

「その後」奈々は言う。「崇徳上皇は、大怨霊になったんですね」

ああ、と崇は頷いた。

「『我、願はくは、五部大乗経の大善根を三悪道になげうって、日本国の大魔縁となり、皇を取て民となし、民を皇となさん』

『この経を魔道に回向《えこう》する』

私は日本の大悪魔となって天皇家を没落させよう――と誓って、自らの舌先を食いちぎり、その流れ出る血を以《もっ》て書き記したという」

恐ろしい執念だ……。

身震いする奈々の隣で、崇は続けた。

「またこの乱によって、弘仁《こうにん》元年（八一〇）の『薬子《くすこ》の変』以来途絶えていた『死刑』が復活した。それまでは、大抵罪一等を減じて、命までは奪わずに遠流となっていたのにね。それを嘆いた慈円《じえん》は『愚管抄《ぐかんしょう》』に、この乱以降『ムサ（武者）ノ世』の到来となった、と書き残している」

なるほど。

あくまでも「貴族の世」が正しいという認識だ。

武士は、一段低く見られている——。

頷きながら前方を見れば、平等院の入り口があった。時計に目を落とすと、先ほど開門したところのようだ。ちょうど良かったと思ったが崇は、

「そして、四年後」まだ話を続ける。「『平治の乱』が起こる。ここで頼政は、義朝側ではなく清盛の側についた」

「源氏ではなく、平氏に？」

「そうだ」

「どうしてですか。何か理由が？」

「一応、理由は明らかになっているんだが……」崇は悩ましげに眉根を寄せた。「今

一つだな」

「というと？」

「そこらへんも含めて、簡単に話しておこう――。保元の乱が終息すると、後白河天皇の側近の僧・信西《しんぜい》は、平氏を優遇し始めた。平氏が優遇されれば、源氏が冷遇される。だが、天皇にはもう一人の側近がいた。藤原信頼《のぶより》だ。信頼は武蔵守《むさしのかみ》で軍馬を管理していたので、武蔵国を本拠地としている源氏、しかも左馬頭となった義朝と親交を深めていった」

優遇される平氏と、冷遇される源氏。

そしてそれぞれのバックに、天皇の側近がいる。

おそらく彼らも、お互いにライバル意識を持っていたのだろうから、絵に描いたような対立構造ではないか……。

奈々が納得していると、崇は続ける。

「やがて、保元三年（一一五八）、後白河天皇は、守仁《もりひと》親王（二条帝）に譲位すると、新天皇の下に取り巻きたちが集まり始めた。反信西派の人々と、そして武士では義朝だ。特に義朝は、保元の乱後、自分の父・為義《ためよし》を始めとして、弟たちやその子供たちまで斬らされたのに、どうして平氏ばかりを優遇するのかという、積年の恨みがあったからね。『愚管抄』によれば、その他にもさまざまな理由があったというんだが、細かく見るのは別の機会にしよう。

とにかくここで、

『少納言・信西＋平清盛（平氏）』
対
『権中納言・信頼＋源義朝（源氏）』

という、非常に分かりやすい構図が出来上がったわけだ」

昨日の友は今日の敵——ということか。

しかし、そうなると頼政は？

尋ねる奈々に、

「動かなかった」崇は答える。「兵を率いてはいたが、戦いには加わっていない」

「同じ源氏なのに？」

「いや。同じといっても、言ったように『摂津』と『河内』とで分かれている。藤原氏も『南家』『北家』『式家』『京家』の四家《しけ》に分かれて争っていたようにね。殆《ほとん》ど、それぞれが独立していた」

「そうなんですか……」

授業などで学ぶと（といっても奈々は生まれてからずっと理系なので、詳細は分からないが）この時代は、ただ単に「平氏」「源氏」と分かれて、血みどろの争いを繰り広げていたように思ってしまう。しかし現実は、もっと細分化され、各々が独立して自分の「家」のために戦っていた。

当然といえば余りにも当たり前の事実だ。

「そしてついに」崇は、平等院の寺号標を目前にして続ける。「平治元年（一一五九）、信頼側の武士たちが御所に攻撃を仕掛け、すぐさま後白河上皇と二条天皇の身を確保した。信西は、からくも逃亡したが、途中、土中に隠れているところを発見されて自害——あるいは殺害され、その首は都に晒《さら》された。京を離れていた清盛は、その連絡を受けて浮き足立ち落ち延びようとしたが、一説では熊野《くまの》の武士たちの進言に背中を押されて京へ帰還する。そして信頼に恭順するという嘘の証文を提出して信頼たちを油断させ、その間に上皇・天皇を共に奪還し、すぐさま六波羅《ろくはら》に陣を敷いて、義朝たちと対峙《たいじ》した。すると武士たちは、ぞくぞくと平氏に寝返り始めた」

「どうして急に？」

「さまざまな説が取《と》り沙汰《ざた》されている。だが一番大きな理由は、天皇に弓を引きたくない、ということだったと考えられる。当時から『朝敵』だけにはなりたくないという意識は、誰もが持っていたようだからね。もちろん、その他、個人的な損得勘定が働いていたと思う」

なるほど……。

参道をゆっくり歩きながら納得する奈々に、

「そこで」と崇は言った。「清盛の兵力は、三千騎余に膨《ふく》れあがる。しかし一方の義朝は、三百騎ほどだったようだ。義朝の長男で、敵からは悪鬼のように恐れられた悪《あく》源太《げんた》義平《よしひら》の阿修羅《あしゅら》の如き活躍はあったものの、時間を待たずして劣勢に追い込まれた。そして——頼政が登場する」

思わず息を呑む奈々の前で、崇は言う。

「しかし、三百騎の兵を率いていたにもかかわらず、頼政は五条河原の川辺に待機するばかりで、義朝に与《くみ》しない。それを見た義平は、我々と平氏と両方を天秤《てんびん》にかけて、勝つ方に味方しようとしている見苦しい振る舞いだ、と怒った。同じように考えた義朝も、

『不甲斐なし。貴殿の二心《ふたごころ》による裏切りで、わが家の武芸に傷がついた』

と叫んだが、頼政は、

『天皇にお味方するのは、裏切りにあらず。信頼卿に同心した貴殿こそ、当家の恥である』

と叫び返したので、義朝たちは言葉を失ってしまったという。そこで彼らは決死の

覚悟で六波羅へと進撃して行くが、六条河原の辺りで壊滅的な打撃を受け、東国目指して落ちて行った」

つまり――。

頼政は、あっさりと義朝たちを見限ったというわけだ。

それは何故？

信頼が本当に嫌いだったのか、義朝に与することを拒否したのか、それとも義平が言ったように勝ち馬である清盛に乗ったのか……。

目の前に平等院の立派な朱塗りの山門が見え、その手前では受付が始まっていたが、まだ開門したばかりなので、数人の観光客が並んでいるだけだった。庭園を覗き見れば、修学旅行生はもちろん、団体客もいなそうだった。奈々たちもゆっくりと列に並ぶ。

鳳凰堂の拝観も受け付けているようだったが、崇はそちらに関しては興味がなさそうだったので、通常の庭園拝観だけにする。

列に並びながら、まだ崇は続ける。

「やがて義朝たちは、吹雪や雨に晒されながら険《けわ》しい山道を落ちて行った。しかし次男・朝長《ともなが》も、戦いで射られた左股《ひだりもも》の傷が悪化して一歩も歩けなくなり、自分から懇願《こんがん》して父・義朝に首を落としてもらった。当時まだ十三歳だった頼朝は、一行と逸《はぐ》れてしまい、追っ手に捕らえられて六波羅へ送られた。そして義朝も、頼って身を寄せた尾張国《おわりのくに》・野間《のま》の長田忠致《おさだただむね》に裏切られて、無防備な湯殿で襲撃され、

『我に小太刀《こだち》の一本なりともありせば』

と無念の言葉を発し、享年三十八で絶命した。だから、野間の義朝の墓所には、今も無数の木太刀が供えられている」

保元・平治の乱では、夜襲だ火付けだと散々暴れ回った義朝も、最後は部下に裏切られて命を落とした。まさに、禍福《かふく》はあざなえる縄のごとし、一寸先は闇の世界だ。

奈々は、ふと思う。

「その……義朝を討った長田忠致は、どうなったんでしょうか？　歴史上には、殆ど登場してこないような気が……」

「その後、彼らは『主君殺し』として清盛たちからも疎《うと》まれたあげく、何と頼朝を頼ったらしい」

「頼朝を！　だって、自分の父親を謀殺した——」

「そうだ」崇は頷く。「そこで、頼朝はどう対応したかというと、

『源氏のため一心に働けば、美濃《みの》・尾張をくれてやろう』

と告げた。そこで忠致たちは、必死に働いた。その結果として、後日、天下統一を果たした頼朝は、上洛途中で野間に立ち寄って忠致たちを捕らえて磔《はりつけ》に処した。今

でも野間には、その松が残っているよ」

「磔って！」

「頼朝は、きちんと彼らに『美濃・尾張――みのおわり――身の終わり』を賜ったわけだ。できすぎの話のような気もするから、これは真実かフィクションかは分からないがね。とにかく頼朝は、きちんと親の仇《あだ》を討ったことになる。しかし」

と崇は言った。

「義朝や彼の一族が殺され、あるいは捕らえられたことで、河内源氏の血統は、ここで完全に絶えるかと思われた。その大きな原因を作ったのが、五条河原で彼らを見捨てた摂津源氏・頼政だ。しかし俺は、頼政が義朝たちを見捨てた理由に、まだ納得がいかない。しかもその後、頼政自身も清盛と敵対して命を落としてしまう」

「頼政は、単純に戦い一辺倒の武人ではなく、常に何かを考えて行動していたと？」

「先ほどきみが言った鵺退治にしてもそうだ。『平家物語』には、こんなエピソードが載っている。第七十六代・近衛《このえ》天皇の御代《みよ》に『頭は猿、胴は狸、尾は蛇、手足は虎の姿』という『恐ろしいという言葉ではあらわしようもない怪物』――鵺が現れ、それを頼政が見事に退治した。すると、左大臣・藤原頼長《よりなが》は時鳥《ほととぎす》の鳴く声に、
ほととぎす名をも雲井にあぐるかな

——時鳥が雲間に鳴いて名を上げていったように、あなたも宮中に武勇の名を上げたことだ。

と詠んだ。すると頼政は、月を斜めに見上げながら即座に、

弓はり月のいるにまかせて

——弦月《げんげつ》が入った闇の空を弓に任せて射たもので、紛《まぐ》れ当たりにすぎません。

と返し、歌人としての名声も大きく上げた」

それは……。

凄く格好良くないか？

おそらく頼政は片膝をついて応えただろう、その場面が一幅の名画のように目に浮かぶ——。

「また第七十八代・二条天皇の御代にも」崇は続ける。「再び鵺が現れた。そこでまたしても頼政が呼び出され、何も見えない闇夜だったが鵺の鳴き声を頼りに矢を放ち、今回も見事に退治した。すると、右大臣・藤原公能《きんよし》が、

五月闇《さつきやみ》名をあらはせるこよひかな

——何も見えない五月闇の中で、今宵あなたは武名を顕したことだ。

と詠むと、頼政はまたしても即座に、

たそかれ時も過ぎぬと思ふに

——彼は一体誰かといぶかしむ黄昏《たそがれ》（夕暮れ時）は過ぎました。

と答え、更にその名声を上げたんだ」

ますます素敵——。

感動する奈々の隣で崇は言う。

「その結果、朝廷から『獅子王《ししおう》』と名づけられた名剣を拝領している。これらの歌のやり取りからも分かるように、まさに文武両道を地で行く、非常に頭の切れる武人だった。だから挙兵に関しても、きちんと考え、覚悟を決めていたはずだ」

「確かに……」

鵺退治でも、あくまで冷静沈着だった。

一時の感情で動く人間ではないだろうし、今までの話では、そんな頼政が自分の人生の終わりに、わざわざ挙兵する理由も見当たらない――。

二人並んで山門をくぐり、庭園内に入ると、予想通り空いていた。これなら、どこでも自由に拝観できそうだ。

「それで――」今更ながら奈々は尋ねる。「この平等院に、何が?」

すると崇は、チラリと奈々を見て答えた。

「その頼政が自刃した場所と、彼の墓がある」

《宇治《うじ》川の波風》

扇の芝の草の蔭《かげ》に帰るとて失《う》せにけり
立帰るとて失せにけり

世阿弥《ぜあみ》『頼政』

現場で鑑識が言った通り、水瀬正敏は頸動脈を切断されてから腹部を切られたようだという司法解剖結果が出たため、明らかな殺人事件となった。

〝被害者の首を切ってから、改めて腹を切る……〟

何故犯人は、わざわざそんなことをしたのか？

猟奇殺人や愉快犯でないとすれば、切腹自殺に見せかけたかったのか。

まさか。

この現代に、そんな小細工が通用するわけもない。事実、司法解剖以前に、すでに鑑識がその可能性を口にしている。

死亡時刻は前日の深夜。

そんな時間帯に被害者は犯人と、あの薄暗い場所で会っていたことになる。何故……?

中新井田《なかにいだ》は、自分の机の前で報告書に目を通す。

被害者の正敏に関して。

大手商社勤務で、誰からも一目置かれるほどの仕事をしており、将来は執行役員として会社に残るのではないかと思われていた。しかし八年前に妻の良江《よしえ》を病で亡くしてから、仕事に対する情熱まで失くしてしまったようで早期退職。生まれ故郷の大阪へ戻り、更に良江の故郷の京都・亀岡に移り住んだ。すでに正敏には親兄弟もいなかったため、長年離れて暮らしていた今年三十三歳になる一人息子の義正と同居を始めた。

一流企業で活躍し始めた義正を、正敏はいつも自慢していたらしい。ちなみに「義正」という名前は、父親の「正敏」の「正」と、母親の「良江」の「良」を「義」に読み替えて名づけたそうだ。両親共に、一人息子の義正を溺愛《できあい》していたとみえる。

一方、肝心のその義正に関しては、事件から丸一日経《た》ったというのに、相変わらず行方はつかめないままだった。

事件が殺人《ころし》と断定されたので、義正を重要参考人として、各都道府県にも捜索の協力を要請した。遅かれ早かれ何らかの情報が届くはずだ――。

正敏は、退職後こちらに移り住んだ当初、何をするでもなく、のんびりと日々を過ごしていたようだが、数年前から地元の歴史サークルに入会した。活動は、月二回。城《じょう》も言っていたように、亀岡だけでもさまざまな歴史を持っているが、そのサークルは更に京都全般の歴史に関してもテーマを決めて皆で学び、あるいは専門家を講師として呼んで話を聞き、年に何回かはフィールドワークまでこなすという、実に勉強熱心な男女三十人ほどの集まりだったようだ。

中新井田たちが訪ねた時、サークルの会長も腰を抜かしそうなほど驚いていた。殆どの会員がリタイア組であるその会では、正敏は「若手」に属するらしく、会の雑用なども引き受けていたために評判も良く、誰かと揉《も》めたり、トラブルに巻き込まれたりということもないどころか、むしろ誰からも好かれていたようだった。

なるほど、と頷いて、

「参考までに」中新井田は、会長に尋ねる。「直近では、あなた方はどんな勉強を？」

「源平合戦です」会長は即答する。「特に、義経などに関して……。京都には、彼に関する史跡が多く残っていますから、水瀬くんにも手伝ってもらって、フィールドワークを計画しようかと考えていたところです。真偽の程は分かりませんが、彼の家は

『源氏』の家系だと言っていましたもので」

「それはまた、凄い家系ですな」

いや、と会長は笑った。

「大袈裟《おおげさ》に言ってしまえば、我々はどこかで『源氏』か『平氏』の家系に繋がっている可能性は高いですからね。直系だけではなく、家臣の末裔《まつえい》なんてことになれば、かなりの人間が『源平』に分類されるでしょう。あるいは、徳川家康《とくがわいえやす》のように、後から『源氏』を標榜《ひょうぼう》するとか」

「なるほど」

「あとは、農民・漁師・猟師。これで、当時の人口の殆どをカバーできるでしょう」

えっ、と城が尋ねた。

「天皇家や、公家《くげ》などの貴族たちはどうなんですか？」

いやいや、と会長は首を横に振る。

「一説には、当時の日本の人口は、約五百万人だったともいわれています。そのうち、いわゆる『人』と呼ばれていた五位以上の官位を持っている人々は、たった百五十人程度ではなかったかと。つまり、全人口のわずか〇・〇〇三パーセントだけが『人』だったわけですからね」

「じゃあ『人』ではない、残りの九十九・九九パーセント以上の庶民は、一体何なんだと」

「もちろん」会長は苦笑いした。『鬼』や『河童《かっぱ》』や『土蜘蛛《つちぐも》』ですよ」

「は？」

キョトンとする城の横で、京都関係で義経というと、五条の橋の武蔵坊弁慶《むさしぼうべんけい》との出会いくらいしか知らない中新井田は、違う質問をする。

「参考までにですが……。そうやって専門家を講師として招聘《しょうへい》するというと、たとえばどのような方ですかね」

「前回は会員の提案で、新下関《しんしものせき》大学の歴史学研究室の教授に、特別にいらしていただきました」

「新下関大の教授ですか」

はい、と会長は微笑んだ。

「安西《あんざい》先生とおっしゃいました。お偉い大学教授ということで、私らはとても緊張していたのですが、想像外に穏やかな方で、先生の地元の壇ノ浦の合戦の話などをたっぷりと。しかも、助手の女性までいらしていただいたのに、その方は無償で良いとおっしゃっていただいて、とてもありがたかったです」

「下関……壇ノ浦ですか」

こちらも、平家が滅亡した場所という程度にしか詳しくはない中新井田は、その他いくつか細々とした質問をし、また何かありましたらよろしくお願いしますと言い残して退去した。

続いて、肝心の第一発見者に事情聴取する。

その男性は、今年七十五歳になる畑中辰夫。頼政塚清掃ボランティアだった。死体発見のショックから体調を崩していたが、事情聴取できそうな程度まで回復したという連絡を受け、中新井田は城と二人、市内の救急病院へ直行。看護師に付き添われ、病室のベッドに上半身を起こしている辰夫に面会した。

七十五歳では、あの石段を登るだけできついだろうと思っていたが、辰夫は痩せてはいるが陽に焼けて健康そうな男性だった。聞けば、ボランティア仲間には、八十歳前後の男女もいるらしい。頼政塚を綺麗に保ちたいという気持ちはもちろんだが、自分の健康のためにやっているというのも本音なんです、と辰夫は正直に言った。

中新井田たちは、早速事件のことを訊く。

「当日は、いつも通りの時間に出かけました」まだ少し弱々しい声だったが、辰夫はゆっくりと話し始めた。「朝の六時頃です。その日はたまたま、わし一人やったもんで、竹箒《たけぼうき》と塵取りをぶら下げて、塚に登りました」

「ということは」中新井田が尋ねる。「普段は、みなさん何人かで清掃されている？」

「大抵二、三人ですか。多い時は五、六人もいはりましたが、そんなことは月に一度くらいで」

「普段は、毎日行かれているんですか？」

「いいえ。三日にいっぺんくらいやろか。台風や雨の日は、塚まで登れませんし。不定期で、今度はいついつ集まろうて」

「今回は、畑中さんお一人で」

「一緒に行くはずやった安田《やすだ》さんが風邪っぽい言うて、花は先日たくさんあげたし、わし一人で掃《は》き掃除だけしてくるわて――」

辰夫は顔を歪めると、大きく溜息《ためいき》を吐《つ》いた。

「そうしたら……まさか、あんなことに……」

最初は塚の前に、何か黒っぽい物が置かれていると思ったらしい。何だろうと思って近づいてみると、辺り一面に何か嫌な臭いが漂っている。そこで、酷い胸騒ぎを覚えながらゆっくり進むと、塚の前には全身血まみれになった男性が――。

「被害者と面識はなかったんですね」

「もちろんです！」辰夫は、ぷるぷると首を横に振った。「といっても、あの状態じゃ、とても誰だか分からんかったが」

他のボランティアたちにも確認したが、正敏は数年前からこの近所に住み始めたため、彼らの中には誰一人として知っている人間はいなかった。

辰夫は、続けた。

「それだけでも気が遠くなりそうになったんやけど、いつもの習慣で塚に目をやると、上部が一ヵ所欠けとったんどす。まさかと思って目をこすって二度見したけど、間違いない！」

それを確認すると、急に全身がガクガク震え始めてしまい、そのまま後ろも振り返らずに石段を転がるように降り、当然、携帯電話などは持っていなかったので近くの公衆電話から警察に通報した……らしいのだけれど、所々記憶が飛んでいて、はっきりとは覚えていない、ということだった。

「しかし、塚が欠けていたことは」中新井田は尋ねる。「すぐに、お分かりになったんですね」

はあ、と辰夫は頷くと顔を上げて中新井田たちを見た。

「もう十年以上見てますから。すぐに分かりました。おそらく、他のボランティア――安田さんたちでも同じやったでしょう」

「なるほど」

中新井田が首肯し、城がメモを取っていると、

「しかし」と辰夫は視線を泳がせた。「あの場所で人を殺《あや》めるだけでもとんでもない

話なのに、一体、どこの誰があんなことを……。恐ろしいことどす。必ず祟りが起こります……」

そして「ああ……」と大きな溜息と共に、ベッドに横になった。

その様子を見た看護師が「もうそろそろ」と中新井田に合図を送ったので、二人は礼を述べて病室を退出した。

署に戻る車中で、城はハンドルを握りながら、

「可哀想《かわいそう》ですが、トラウマになりますね」眉をひそめて言った。「血まみれの遺体を目にしたことはもちろん、何といっても、あの塚を傷つけられたことが、かなりのショックだったようですから」

ああ、と中新井田は答える。

「本気で脅《おび》えてるようだった」

「自分も内心では震えました」城は苦笑する。「地元の人間にしてみれば、塚に手を触れるのさえ恐ろしいことですからね。それをまさか、あんなことまで――」

将門塚と同じく「祟り」か。

「だが」中新井田は頭を掻《か》く。「その『祟り』ってやつが、現実にあるのか、ないのかという話を別にしても、ちょっとおかしいな」

「といいますと？」

「あの頼政塚を傷つけたり、無礼なふるまいをしたりすると、祟りが起こって人が死ぬ。しかし今回は、それが殆ど同時に起こった。いや、ひょっとしたら犯人は、被害者を殺した後で塚に傷をつけたのかも知れない」

「殺した後で……。何故そんなことを？」

分からん、と中新井田は頭を横に振った。

「まあ、どちらにしろ、地元の伝説を利用して捜査を混乱させようと考えたんだろう。実際にボランティア連中は、そっちの方に気を取られているようだし、我々もこうやって無駄に時間を使っちまってるしな」

苦笑する中新井田に向かって城は「確かに」と大きく頷いた。

「しかし……」中新井田は、顎をザラリと撫でる。「何か気持ちの悪い事件だな。こんな気分は十年ぶりだよ。正確に言えば十二年前だが」

「十年？　ああ、噂に聞いてます。貴船《きぶね》の事件ですね。村田雄吉《むらたゆうきち》さんが、まだ警部補だった頃の」

「そして俺が、巡査長だった。今のおまえと同じように、村田警部補を乗せた車のハンドルを握ってた。そして貴船の曲がりくねった細い道を猛スピードで下って行く犯人の車を追いかけたんだ」

「あの狭い山道をですか！」

「しかも土砂降りで、下から上ってくる対向車もあれば、自転車や子供が飛び出してくる」

「聞いているだけで、冷や汗が出ます」

「その上、解決した後までも何となく落ち着かない、居心地の悪い事件だった」

「今回もその事件と同じような……？」

「あくまでも、俺の直感だがな」

そう言うと中新井田は目を閉じて、助手席のシートに体を沈めた――。


昨日の出来事を振り返っていた中新井田の後ろで、部屋のドアが勢いよく開き、

「警部補！」

城が飛び込んできた。その声に振り向く中新井田に、城は息を切らせて告げる。

「急ぎ、二点ほど」

「おう。どうした？」

「まず凶器に関してなんですが、あの短刀は被害者の水瀬正敏の持ち物であることが判明しました。銘も持っている年代物で、居間に飾ってあった品のようです」

ということは。

「その凶器を持ち出すことのできた人間が、正敏殺害の犯人というわけだな」

やはり息子の義正か。

納得する中新井田に、城は畳みかける。

「その義正なんですが……行方が判明しました」

「おう！　どこにいたんだ」

「山口県、下関でした」

「下関だと！　どうしてまた、そんな場所で」

「しかも……」

「どうかしたのか？」

尋ねる中新井田に、城は「それが」と表情を硬くして答えた。

「今朝早く、遺体で発見されました。またしても殺人《ころし》のようです」

「殺人だとお？」

はい、と城は眉根を寄せて頷く。

「何者かにロープで首を絞められ、関門海峡に投げ込まれたもようです」

＊

奈々は崇と二人、平等院の境内に入る。

爽やかな緑の庭園が広がり、寺務所を通り過ぎると、参道はゆるく右にカーブを描いていた。

並んで歩きながら、崇は言う。

「京都東山区《ひがしやま》に、安井金比羅宮《やすいこんぴらぐう》という神社がある。一緒に行ったかな？」

「お話だけは少し聞いたことがあるような……」

そうか、と崇は頷いた。

「そこは金比羅宮から大物主神《おおものぬし》を勧請《かんじょう》して祀っていて、境内に置かれている、高さ約一・五メートル、幅約三メートルの絵馬のような形をした石の中央に開いた穴をくぐると願いが叶うという『縁切り縁結び碑《いし》』で有名だ。しかし、それよりも主祭神が特徴的だと俺は思っている」

「主祭神が？　誰なんですか」

「崇徳天皇、大物主神、そして源頼政」

「えっ」

「ここで、崇徳天皇は間違いなく大怨霊だ。そして、大物主神は——俺が考えるに——饒速日命《にぎはやひ》で月読命《つくよみ》で三輪《みわ》の大神だから、こちらも大怨霊。とすれば論理的に、もう一人の頼政が怨霊ではないはずがないし、その証拠もある」

「それは？」

「能だ」崇は即答する。「世阿弥作の二番目物で、その名も『頼政』という怨霊慰撫《いぶ》の能がある。旅の僧の前に頼政の幽霊が現れ、平等院へと導く。僧が頼政を弔《とむら》っていると、再び目の前に現れて、宇治川合戦の模様を再現してみせる。やがて自らの最期まで語り終えた頼政は、僧に供養を頼んで消え去って行く——。この曲は、義仲《よしなか》と戦った斎藤別当実盛《さいとうべっとうさねもり》を描いた『実盛』と、さっき話した、東国落ちの際に命を落とした義朝の次男の曲、『朝長《ともなが》』と共に『三修羅《さんしゅら》』と呼ばれている。しかも」

　崇は奈々を見て微笑んだ。

「この『頼政』だけに使用される面《おもて》の目は『あやかしの金』と呼ばれる怨霊の目だ」

「では、やはり頼政は怨霊に……」

　そういうことだろうな、と崇は首肯する。

「しかし、どうして頼政が怨霊になったのか？　いや、それ以前に、何故あのタイミングで挙兵したのかが謎なんだ。どう考えても、納得がいかない。このままでは頼政は、勝手に挙兵して、勝手に一族共々敗れて怨霊になった、という全く理屈に合わない話になってしまう」

「確かに、その通りです」奈々も頷いた。「不条理な仕打ちや理不尽な扱い、卑怯な罠などのために命を落とせば、そこで怨霊になるのは分かります。でも、勝手に挙兵して敗れたのなら、怨霊になるなんてあり得ません」

「だから」崇は眉根を寄せて嘆息した。「今回、どうしても平等院に来てみたかった。何か手がかりが見つかるかも知れないと思ってね」

なるほど、と奈々は得心する。それで今回、沙織の結婚式をチャンスとみたのか。

奈々は心の中で笑った。

一方崇は、阿字池に臨んで建つ、鳳凰堂の側面を目の端で眺めながら歩く。やはり、この「国宝」には余り興味がないらしい。

「じゃあ、平治の乱以降から頼政挙兵までの歴史を、ごく簡単に振り返っておこう」

「お願いします」奈々は言った。「その辺りの時代に関しては全く詳しくないので」

「聞いた名前が登場するとは思うが」と崇は口を開いた。「今言ったように、平治の乱後、義朝たち京近辺の河内源氏は壊滅状態に陥った。子供たちはこの乱で命を落としているし、親兄弟は保元の乱の際に義朝自身が滅ぼしてしまっていたんだからね。

そんな中、摂津源氏の頼政は清盛に近づき、治承二年（一一七八）には、年来の望みだった従三位《じゆさんみ》の地位に昇った。この時のエピソードが『平家物語』に載っている」

崇はバッグの中から資料を取り出すと視線を落とした。

「頼政は、六十歳を過ぎてようやく正四位下《しょうしいげ》となったものの、七年もの間、位階が上がらなかった。そこで清盛に向かって、

のぼるべきたよりなき身は木《こ》のもとに
　しゐを拾ひて世をわたるかな

と詠んだ。上に行く手づるもない私は、木の根元に落ちている椎《しい》の実（四位）を拾って過ごしているだけだという歌だ。これを聞いた清盛は、今までの頼政の貢献を考慮して、すぐさま従三位に叙した。頼政、七十四歳といわれている」

「七十四歳！」奈々は驚く。「そんな頼政を推挙できるなんて、清盛も凄いです」

ああ、と崇は頷く。

「何しろ、その頃の清盛は従一位《じゆいちい》太政大臣。しかも、娘の徳子《とくこ》——建礼門院《けんれいもんいん》が入内《じゆだい》して、高倉《たかくら》天皇の中宮になっているという絶頂を迎えた時代だから、官位などの推挙も簡単にできた」

「平家にあらずんば人に非《あら》ず、という頃ですね」

奈々は言ったのだが、

「そう……だな」崇は硬い表情で言い淀んだ。「そこらへんの話に関しては、また機会を改めて詳しく話そう——。しかし、こういった頼政の姿勢に関して、海音寺潮五郎《かいおんじちょうごろう》などは、

『頼政の平氏のきげんばかり取っている態度は、世間ではよく思われていなかったようだ』

と言っているし、実際『玉葉《ぎょくよう》』には、

『第一の珍事ナリ』

『時人耳目《じじんじもく》ヲ驚カサザル者ナキカ』

と書かれ、この文章は人々が彼を『冷笑している』のだと、海音寺は言っている」

「確かに……」奈々は眉根を寄せる。「年を取っても官位が欲しいという気持ちも分かりますけど、でも自分たちの仲間——河内源氏を滅ぼした平家に擦《す》り寄るというのは……」

そこも、と崇は言う。

「不思議なんだよ」

「えっ」

「現代では、頼政の評判は余り良くはない。というのも、一、源氏・義朝たちを見捨てた。

二、平氏・清盛に擦り寄って官位を頂いた。
三、最後は、その恩ある清盛たち平家を敵に回して戦った。
という理由からだ」

「まさに、その通りなのでは？」

「しかし、今言ったように、頼政を供養しようとしている人々がいるし、少なくとも当時の人間は、頼政に一目も二目も置いていた」

「それは……」

言い淀む奈々の前で、

「だが、その問題の前に次だ」と言って崇は続ける。「まさにこの世の春を謳歌《おうか》していた清盛と平家一族だが、徐々に暗い影が差してくる。その嚆矢が、治承元年（一一七七）、平家打倒を画策した、いわゆる『鹿《しし》ヶ谷《たに》の陰謀』だ。これも清盛が仕掛けた、それこそ『陰謀』だったのではないかという説もあるが、とにかく——。この事件が実行直前に発覚し、首謀者だった俊寛《しゅんかん》、平康頼《やすより》、藤原成経《なりつね》らが、薩摩《さつま》国鬼界《きかい》ヶ島に流されて一段落すると、翌年の治承二年（一一七八）十一月には安徳天皇も誕生され、平家の世は盤石《ばんじゃく》となった……かに見えた」

「かに、見えた？」

「翌年の治承三年（一一七九）には、平家の人々から非常に人望の厚かった清盛の長男・重盛《しげもり》が、四十二歳という若さで死去してしまう。人間万事塞翁《じんかんばんじさいおう》が馬《うま》、だな」

奈々が感じたことと同じ感想を述べる。

でも、これ以降のことを考えると、まさに波瀾万丈《はらんばんじょう》の歴史の中を平家は、怒濤《どとう》のように生きることになるのだ……。

「そして」と崇は続けた。「治承四年（一一八〇）四月、安徳天皇は、わずか三歳で即位された」

「三歳で！」

「それとほぼ同時に、後白河法皇第三皇子で、すでに三十歳を迎えていた以仁王《もちひとおう》が、平氏討伐の令旨を出した。これに、頼政も荷担した」

以仁王の胸中は、想像できる。

三十歳の自分を差し置いて、三歳の安徳天皇を即位させるという、清盛たちへの怒りは相当なものだったろうから。

でも頼政はその時、七十七歳。

今だと何歳くらいだろうか。九十歳程度と考えれば良いか。その老齢を押しての挙兵は何故？

すると、鳳凰堂裏手の細い道を歩きながら、奈々の心中を読んだかのように崇は言った。

「ここで、当初からの非常に大きな謎に立ち返らなくてはならなくなる。何故、頼政が七十七歳という老齢で挙兵したのか、いや、しなくてはならなかったのかという疑問だ。清盛の推挙によって従三位という官位を得ている上に、出家までしている。何もここで、敢《あ》えて命懸けの戦いに臨む必要はなく、穏やかな老後を過ごせば良かったはずだ」

まさにその通り。

子供や孫たちに囲まれながら、平和な日々を送れば良いだけのことだ。

それが、何故？

奈々の隣で、崇は言う。

「だから頼政は、当時、以仁王を取り巻く勢力に無理矢理突き動かされてしまったのだろうとか、ただ単に巻き込まれたのだとか、そもそもこの令旨も怪しいので清盛たちの罠だったんだろうとか、『平家物語』にいたっては、嫡男の仲綱《なかつな》と清盛の三男・宗盛《むねもり》との、一頭の名馬を巡るつまらない諍《いさか》いが原因だったというような説まで持ち出して諸説紛紛なんだが、決定的な答えは確定していない。ということは、逆に言うと誰にとっても、それほどまでに大きな謎だったことになる。だからこそ、勝手に色々な理屈をこじつけた」

そういうことだ。

今までの祟の話を聞く限りでは――もちろん、多少の不平不満は持っていたにしても――望む官位も得て隠居している頼政が命を懸けて、いや、それだけではなく自分の一族を挙げて、挙兵をする理由が見当たらない。

といっても……。

現代の我々が、当時の頼政の心の中まで推察することが可能なのだろうか？　今まで何百年にわたって、大勢の専門家たちが調べているはず……。

心の中で首を傾げる奈々をよそに、祟は鳳凰堂の裏手に鎮座している寺院の山門をくぐった。

平等院塔頭《たっちゅう》、最勝院《さいしょういん》――頼政の墓所だ。

山門脇の柱には、

「源三位頼政公之墓所」

と書かれた木の札が貼られている。

境内に足を踏み入れると、外の喧噪《けんそう》が途絶えた。しん、として空気が澄んでいる。

正面には、不動明王と役小角《えんのおづぬ》を祀る不動堂と、地蔵菩薩《じぞうぼさつ》を祀る地蔵堂も隣接して建っていたが、二人は拝礼すると左に折れて、明るい日だまりのできている場所に向かった。

そこには、木々の緑に囲まれて、高さ二メートルもあろうかという供養塔が建てられ、太い竹の花立てには綺麗な花が活けられていた。塔の前面に刻まれている梵字《ぼんじ》は「𑖀《ア》」だろうか。

崇に尋ねると、

「そうだ」と答えた。「大日如来の梵字だよ」

奈々は何となく納得したが……崇は、難しい顔をして考え込んだのであっさり放って、奈々は手前に立てられた説明板を読む。

「源三位頼政公の墓　宝篋印塔《ほうきょういんとう》

源頼政は保元・平治の乱で武勲を挙げ、平清盛の奏請により、源氏として初めて従三位に叙せられました。

歌人としても名高く、勅撰《ちょくせん》集に優れた和歌を多く残しています。

治承四年（一一八〇）五月二十六日、平家追討の兵を挙げた頼政は、宇治川で平知《とも》盛《もり》軍の追撃を受け、平等院境内にて自刃しました（齢《よわい》七十六歳）——云々」

と書かれていた。

ここには、頼政は七十六歳で亡くなったとあるが、これは「数え」と「満」の違いの話だろうと納得する。

また、崇によれば、毎年の頼政の命日・五月二十六日には、「頼政忌」が催されているという。現在でも頼政に心を寄せている人々が大勢いることを知って奈々の心は、ホッとすると共に和む。

奈々たちは静かにお参りすると、山門で再び一礼して最勝院を後にした。ここから鳳凰堂正面に戻るのかと思ったが、崇は砂利道を更に先へと進む。

「頼政は挙兵し平家と対峙したが」歩きながら崇は続ける。「期待していたような延《えん》暦寺《りゃくじ》の僧兵の決起もなく、また興福寺《こうふくじ》からの援軍も間に合わなかったため、以仁王を擁して自ら南都《なんと》へと向かった。だが、王の疲労が余りにも激しかったので、ここ平等院で休息していたところ、平家の軍勢が押し寄せてきた。そこで頼政は、自分たちが楯《たて》となって時間を稼ぎ、以仁王を落ち延びさせることを決断して、戦《いくさ》が始まった。しかし『玉葉』によると、頼政たちの兵力は『僅《わず》か五十餘《よ》騎』――たったの五十余騎で、平知盛を総大将とする平家軍は『士卒三百餘騎』――三百余騎だったという」

「六倍ですか……」

「あるいは、それ以上。何十倍ともいわれている」

「何十倍！」

「だからこの時点で、頼政たち誰もが討ち死にを覚悟したはずだ」

それは間違いない。

というより彼らは、挙兵した時点で、すでに死を覚悟していたのではないか……。

頼政は、と崇は続ける。

「宇治橋の橋桁《はしげた》を落として守りを固めると、三人の子、仲綱、兼綱《かねつな》、仲家《なかいえ》たちと共に、平等院に籠もった。ちなみに仲綱は頼政の実子だが、兼綱と仲家は養子だ。兼綱は、若くして父が自害したために、それを憐《あわ》れんだ頼政が引き取った。仲家は、父が義朝の子・義平《よしひら》に殺されてしまったため、こちらも不憫《ふびん》に思った頼政が引き取って養子にしていた。その彼らが、この戦いに自分の子供まで連れて馳《は》せ参《さん》じてきた」

親を亡くした子を二人も自分の養子になんて、とても情け深い武将ではないか。

その子供たちが、どう見ても不利な戦いに自分の命をも懸けて頼政についた。それは、自分を養子として育ててくれた頼政への恩――義理？

それもあったろう。

しかしそこには、それ以上の何かがあったような気がする。

それは何――？

奈々も、崇が何をそんなに不思議がっているのか、その気持ちがようやく分かってきた。

確かにこれは、大きな謎だ。しかも崇の言うように、殆どの専門家たちが、あっさりとスルーしてしまっている……。

眉根を寄せながら歩いていると、緩《ゆる》い坂道を登り切って、鳳凰堂の真裏――尾廊の先に位置する浄土《じょうど》院の入り口に着いた。平等院の塔頭で「平等院奥院」とも呼ばれていたらしい。本尊は、阿弥陀如来坐像。

崇はためらわず境内に入り、奈々もその後に続く。しかし、やはり本堂は横目で眺めただけで、すぐに右手に折れた。正面に見えるお堂に向かうのかと思ったら、その手前で崇は立ち止まる。そこには、石碑と大きな宝篋印塔、そして墓石が、鳳凰堂の甍《いらか》を背景に、一列に並んで建っていた。

それらを眺めながら、

「宇治橋で」と崇は続ける。「六倍とも何十倍ともいわれる平家軍相手に、いわゆる『橋合戦』が始まった。始めは三井寺《みいでら》の僧兵たち、五智院《ごちいん》の但馬《たじま》、浄妙明秀《じょうみょうめいしゅう》、一来《いちらい》法師などが活躍して平家を圧倒する。しかし、数に勝る平家は馬筏《うまいかだ》――何頭もの馬を筏のように組んで宇治川を渡り、平等院に攻め入った。そこで頼政たちも必死に応戦したが、頼政は左の膝頭を射られてしまい、平等院の奥に退こうとした時、敵が大挙して襲ってきた。それを見た次男の兼綱は、養父を逃がすべく、自ら矢面に立って戦う。その姿は、当時から軍神と崇《あが》められていた八幡太郎・源義家《よしいえ》を彷彿《ほうふつ》させるほどだったという。だが兼綱は、内兜《うちかぶと》――兜の内側の額の辺りを射られてしまい落馬した。それでも敵の首を一つ取ったが、平家の兵、十四、五人に囲まれて討ち取られてしまった。長男の仲綱は、やはり阿修羅の如く満身創痍《そうい》となって戦ったが、もうこれまでと、釣殿《つりどの》——今の観音堂——で自害する。もう一人の養子の仲家は、我が子の仲光《なかみつ》と共に散々敵を蹴散《けち》らしたが、衆寡《しゅうか》敵せず、やはり討ち死にした。彼に関しては『平家物語』も、仲家が孤児となっていたのを頼政が養子にして愛育した、その、『日来《ひごろ》の契《ちぎり》を変ぜず、一所《しょ》にて死ににけるこそむざんなれ』

日ごろの恩——約束を忘れず、同じ場所で命を落としたことは、とてもいたわしいことだ——と書いている」

やはり彼らは、自らの意志で、最後の最後まで頼政につき従った……。

その理由は？

心の中で首を捻る奈々に、崇は言う。

「一方、頼政は矢を受けた膝が非常に重傷なことを悟ったので、自害することを決心した。そこで、戦線を退くと平等院の芝の上に扇を打ち敷いて、

埋木《うもれぎ》のはな咲く事もなかりしに
　身のなるはてぞかなしかりける

——埋もれ木に花の咲くことがないように、私の生涯も世に埋もれたまま、今この

ような最期を迎えるのは悲しいことだ。

と辞世の歌を詠み、腹を切った。その首は、最後まで付き添っていた渡辺長七《わたなべのちようじつ》唱《とな》が泣く泣く落とし、必死の思いで敵陣を紛れ出ると、石にくくりつけて宇治川に沈めたという。だから、未だに所在不明だ」

あの、青く滔々《とうとう》と流れている宇治川のどこかに、今も頼政の首が沈んでいるということか。一人淋しく、静かに眠っているのだ……。

「故に、この戦いに関して『平家物語』では、こう言っている。

『そのまま無事にその地位を保たれるはずの人が、成功もおぼつかない謀反を起こして、高倉宮（以仁王）をお失い申し、自分も滅びてしまったのは、いかにも嘆かわしいことであった』――」

つまり。

先ほど崇も言っていたように、何もしないでいれば、そのまま平和な人生を送れたのに、どうして勝算の少ない挙兵などしたのだろう、という思い――筆者の嘆きが行間に感じられる。

「その後は」崇は言う。「頼政たちが命を懸けて、逃がそうとした以仁王も興福寺に辿り着く前に討ち取られ、この戦いは完全に終結した。だが、以仁王の令旨と頼政挙兵の噂は全国に伝播《でんぱ》し、これをきっかけとして伊豆《いず》の頼朝や木曾の義仲たち源氏の武士が立ち上がり、平氏打倒の萌芽《ほうが》となったことは間違いない」

「そういう意味では『花が咲いた』んですね……」

そういうことだな、と崇は首肯した。

「ちなみに、頼政の亡骸《なきがら》は、鵺退治にも付き添っていた家来の、猪早太《いのはやた》が持ち出して、頼政が鵺を退治した恩賞として賜った領地の京都・亀岡に葬った。現在も『頼政塚』として、住宅地を見下ろす小山の上に祀られている。五、六年前に、亀岡の元出雲・出雲大神宮に行ったろう」

はい、と奈々は答えた。

「小松崎さんとも一緒に」

元伊勢《もといせ》は、天照大神《あまてらすおおみかみ》が現在の伊勢神宮《いせじんぐう》に鎮座される前にいらっしゃった場所。それと同様に、元出雲は素戔嗚尊《すさのおのみこと》や大物主神や大国主命《おおくにぬし》たちが、現在の出雲大社に鎮座される前にいらっしゃった場所。その「元出雲」が、京都・亀岡にあった……。

奈々が懐かしく思い出していると、

「そしてこれが」崇は言った。「頼政の顕彰碑と供養のための宝篋印塔。そして、宇治橋の戦いで頼政と共に命を落とした、初代・通圓《つうえん》から始まる彼の一族の墓と、彼自身の墓だ」

「つうえん……？」

名前を聞いたことのなかった奈々は、墓の隣に立てられている説明書きに目を通す。するとそこには、こう書かれていた。

「通圓家の初代は頼政の家臣であり、頼政から『政』の一文字を賜るほど信頼されていた。やがて、平治の乱後には宇治橋の東詰に庵を結び茶を点《た》てていたが、頼政の挙兵を聞くとすぐに彼の元に駆けつけ、この地で討ち死にした――云々」

〝この人物もだ……〟

崇が何度も言うように、当時の頼政は、とっくに隠居していてもおかしくはないし、現代だって同じような年で引退している人々も大勢いる。

ところが、その頼政が立つと宣言したら、皆が一緒に戦うことに同意した。こういう場合は、大抵誰か一人くらい諫言《かんげん》するものではないか。

しかし誰も、頼政を止めなかった。

それどころか、誰もが頼政と一緒に「死ぬ」ことを選んだのだ。頼政の周囲の人々が皆、この無謀とも思える戦いに、自分の命を投げ捨てて駆けつけてきた……。

首を傾げながら説明書きを読んでいると、最後にこう書かれていた。

「この主従関係を物語った狂言として『通圓』があり、たびたび公演されています」

狂言？

「タタルさん」奈々はすぐに尋ねる。「この『通圓』という狂言って——」

ああ、と崇は微笑んだ。

「能の『頼政』のパロディなんだ」

「パロディ……」

当時、そんなものがあったのか？

キョトンとする奈々の隣で、崇は墓に向かって拝礼すると立ち去ろうとしたので、奈々もあわてて手を合わせ、

〝お参りさせていただき、ありがとうございました。ゆっくりお休みください〟

と拝み、崇の後に続いた。

再び細い道に戻ると崇は言う。

「そこにも書いてあったように、現在も宇治橋の東詰——こちら側から橋を渡った所に『通圓』という茶屋がある」

「現在も営業しているんですね！」

「とても美味しいお茶を出してくれる。後で寄ってみようか」

「はいっ」

　それで、と崇は説明する。

「狂言の『通圓』は、なかなか面白くてね。七代目の当主が、一休禅師《いっきゅうぜんじ》と、とても仲が良かったというから、おそらく一休の作だろうといわれている」

「一休さんの！」

「内容的には――。旅の僧が平等院を参詣すると土地の者から、昔、通圓という名前の茶屋の坊主がいたが、余りにも大勢の茶客に茶を点てたために死んでしまい、今日が彼の命日だと教えられる。僧が茶屋に腰をかけていると、やがて通圓の亡霊が姿を現し、自分の最期の様子を語り、僧に供養を頼んで消えてゆく、という能がかり――能の様式をなぞった話だ」

　二人は、平等院ミュージアム「鳳翔館《ほうしょう》」を過ぎ、そろそろ人出が多くなってきた鳳凰堂の南翼廊近くの道を歩く。このまま ぐるりと阿字池の畔《ほとり》をまわって行くらしい。

「しかし、その『通圓』なんだが」崇は楽しそうに続けた。「今も言ったように、詞《し》章《しょう》――科白《せりふ》が『頼政』の凄いパロディなんだ。たとえば、
　頼政『平家の大勢……名宣《なの》りもあへず三百余騎。くつばみを揃《そろ》え川水に少しもためらわず……ざっざっと打ち入れて、浮きぬ沈みぬ渡しけり』

通圓『いざ通圓が茶を飲みほさんと……名宣りもあへず三百人。口わきを広げ茶を
　飲まんと……茶《ちゃ》っ茶っと打ち入れて、浮きぬ沈みぬ立てかけたり』
頼政『さる程に入り乱れ、我も我もと戦へば、頼政が頼みつる、兄弟の者も討たれ
　ければ……これまでと思ひて平等院の庭の面』
通圓『さる程に入り乱れ、我も我もと飲むほどに、通圓が茶飲みつる、茶碗茶杓《ちゃわんちゃしゃく》も
　打ち割れば……これまでと思ひて平等院の縁の下』
頼政『刀を抜きながら、さすがに名を得し其《そ》の身とて、
　　埋木の花咲くことも無かりしに
　　　身のなる果《はて》は哀《あわれ》なりけり』
通圓『茶筅《ちゃせん》を持ちながら、さすがに名を得し通圓が、
　　埋《うず》み火《び》の燃へ立つこともなかりしに
　　　湯のなき時は泡《あわ》も立てられず』
　と言って弔いを頼んで消えてゆく」
「ちょ、ちょっと」奈々は目を丸くする。「こんなパロディを作ってしまって良いん

ですか！　頼政たちが必死に戦い、実際に命を落としているのに」

「一休禅師だからね」

「で、でも、いくら一休さんだといっても——」

「一休は、世間一般のイメージとは違って、とても真面目な人間だったらしい。しかも、七代目・通圓と仲が良かったという彼が書いたんだ。おそらく、彼なりの頼政への供養だったんだろう。おかげで、能の『頼政』も更に有名になり、こうして後世まで残った。頼政や彼の子供たちも、あの世で喜んでいるんじゃないかな」

「そうなら良いですけど……」

しかし、それにしても崇は、こんな詞章までよく覚えているものだ。といっても、能楽師や狂言師は、この何倍何十倍もの詞章を全て暗記しているわけだから不思議でもないか。

いや。

崇は能楽師でも何でもない、ただの薬剤師なのだから、やっぱり変だ！

奈々が（今更ながら）改めて思った時、鳳凰堂の全形が姿を現した。

高さ約十四メートル、南北の幅・約四十二メートル、東西の奥行き・約三十二メートルという、王朝文化を極めるが如く建立された、歴史的な御堂だ。入母屋造りの中堂の棟には、一対の鳳凰が翼を広げている。その鳳凰を模したかのような御堂が、綺麗な対称形を描くように前面の阿字池に姿を映し、キラキラと輝いていた。

正面に坐《ざ》す本尊の阿弥陀如来の尊顔は、今は覗き込んでも微《かす》かにしか見えないけれど、夜になって中堂の内部がライトアップされると、闇の中、金色に浮かび上がる。奈々は写真でしか見たことがなかったが、まさに「極楽浄土」さながらの光景となるらしかった。

しかし——。

例によって崇は、そちら方面には余り興味がないようで、一所懸命にその姿をカメラに収めようとしている観光客たちの間を縫うように、玉砂利を踏んで歩く。

そして、

「能で思い出したんだが」と言う。「さっき言った『鵺』だ。内容がとても変わっていてね、自分が頼政に退治された様子を語り、最後は頼政を賞め称《たた》えて去って行く。誰に尋ねても、へんてこりんな能だと言う」

「つまりそれは……」奈々は、小首を傾げながら尋ねる。「怨霊である頼政を供養するため——ということですか？」

「素晴らしい」崇は奈々を見た。「奈々くんは、物事の本質をすぐさまつかめるようになった」

「い、いえ、そんな」奈々は苦笑する。それもこれも、崇のせい。「でも、そういうことですよね。討たれた鵺自らが、頼政は立派な武将だったと言うのは――」

「通常ではあり得ない構成だ。しかし、実際にそういう能なんだから、それほど世阿弥を始めとする誰もが、頼政を鎮魂しなくてはならないと感じていたんだろうな」

「何故なんですか？」

「いや、それが今回の謎なんだよ。さて――」

崇は辺りを見回す。

左手には鳳凰堂が、正面には拝観受付が、そして右手には大きな藤棚が見えた。崇は迷わず右手に向かう。どうやら、藤棚の裏手の観音堂へ向かうらしい。

観音堂は、寄棟造り瓦葺《かわらぶ》きの、かなり古そうな建物だった。

「ここが」崇は軽く頭を下げて通る。「頼政の嫡男・仲綱が自害した『釣殿』だ」

「頼政を逃がそうとして、自分が楯になって敵を引き受けた長男ですね」

「逃がそうとして、というのは正確ではない。頼政が自害するための時間を稼いだんだ。そして」崇は観音堂の裏手を指差した。「あの『扇之芝』で、頼政は腹を切った」

「ああ……」

奈々たちは、頼政が打ち敷いた扇がそのままこの芝生の形になったといわれている、大きな扇を九十度まで開いたような珍しい形をした芝に近づく。

周りは、瑞垣《みずがき》のような低い石の柵で囲まれていた。芝生の中には一本の大きな松の木と、石の歌碑、そしておそらく「扇芝」と刻まれていた（と見える跡の残る）達磨《だるま》のような形状の自然石が置かれていた。

この場所で、八百年以上前の治承四年（一一八〇）五月二十六日、源三位頼政は切腹して果てた。

奈々は感慨深く芝の前に佇《たたず》んだが、一方、崇は目をこらして歌碑の文字を読む。

「花咲きてみとなるならば後の世に
　もののふの名もいかでのこらん
――ということか。この歌碑は、彼の子孫が江戸時代に建てたもののようだ」

と言ってから、ふと思いついたように平等院の境内図を取り出して広げた。そしてすぐに、

「ああ」と何度も首を縦に振る。「そういうことか」

「何が、そういうことなんですか？」

「さっきの、頼政の墓だ」

「お墓が何か？」

「参拝した時に、ちょっと変だと感じた」

一人で考え込んでしまっていた時だ。

でも、と奈々は尋ねる。

「明るくて、とても綺麗な宝篋印塔でした」

「基本的には」崇は頷く。「宝篋印塔は、もともと陀羅尼《だらに》を納める塔だったんだが、後に供養塔や墓となった。それが日本に伝わり、多様な変化を遂げた。もっともわが国の場合は、五輪塔《ごりんとう》が一般的だな。宝篋印塔と同様に、五つのパーツに分かれていて、下から『地《ち》・水《すい》・火《か》・風《ふう》・空《くう》』を表し、宗派によってそこにさまざまな文字が刻まれることが多い。一般的に宝篋印塔は、遥か昔になくなった人の供養塔で、五輪塔はもう少し時代が下った人——たとえば五十年くらい前とか、宗派によっても色々な説があるが、五輪塔は、日本で造られたと考えて良い。だから、刻まれる文字もさまざまだ」

「頼政の宝篋印塔の前面にも、梵字が刻まれていましたけど、それがおかしいとか？」

奈々が尋ねると、

「いいや、違う」崇は首を横に振った。「方角だよ」

「方角？」

「墓——宝篋印塔が向いている方角だ。前面が、北東を向いていたんだ」

「北東……」

「かといって、宇治橋や宇治上《うじがみ》神社の方角とも少し違っている。だから俺は『天子南面す』『北面の武士』という法則からとも思った。塔の前面に刻まれていた梵字も『[illegible]』の大日如来だったしね。阿弥陀如来や阿閦《あしゅく》如来なら、西や東というように方角が決まっているが、大日如来は聞いたことがない。一応、それで納得してきたんだが、今分かった。あの墓はここ――『扇之芝』を向いていたんだ」

　崇は境内図を奈々に見せた。

「本当です！」覗き込んだ奈々は首肯する。「つまり、自分の自刃した場所を見つめているということですね」

「そうすると、塔前面の大日如来の梵字の意味も変わってくるんじゃないか」

「というと？」

「あの梵字には、大日如来や日光菩薩の他に、阿《あ》修羅《しゅら》王という意味も持ってる。もちろん、古代インドの戦いの鬼だ」

「阿修羅王……」

　奈々は絶句する。

　まさに、そんな戦い方ではなかったか――。

　でも、本当にそこまで細かく考えて造られているのか？

　口を閉ざしてしまった奈々に、

「――と想像した」

平等院鳳凰堂 案内図
源頼政供養塔
源頼政の墓
扇之芝
鳳凰堂
大書院
浄土院
羅漢堂
不動堂
最勝院
正門(表門)
観音堂
養林庵書院
ミュージアム鳳翔館
茶房 藤花
鳳翔館入口
鐘楼
南門
六角堂
宇治川
0
40m
N

崇は悪戯っぽく笑った。

いや。

昔の人たちは、我々の想像以上に賢かったことを、奈々は学んでいる。江戸時代の本などを読むと、自分が殆ど物事を知らないことに啞然《あぜん》としてしまう。だから沙織と冗談で、

「今私たちが江戸時代に行ったら、丁稚《でっち》にもなれないね。現代に生まれて良かった！」などと言って笑い合ったことを思い出した。

するど崇が、

「宇治川を見に行かないか」

などと言う。

奈々はもちろん「はい」と同意し、二人で平等院を後にした。そのまま表門を出て、奈々が真っ直ぐ歩いていると、

「こっちだ」

崇は突然右折して、石畳の参道から細い砂利道に入る。

「近道だよ」

崇はそのまま進み、土産物屋やレストラン・食堂などが並ぶ道の途中辺りに出た。

正面に石段が見え、二人はそれを登る。すると、登り切ったところは宇治川の川縁《かわべり》だ

った。よくこんな道を知っているものだと思って呆れる奈々に、崇は言う。

「宇治川は、いわゆる『淀川《よどがわ》』の別名で、琵琶湖《びわこ》から流れ出る滋賀県では『瀬田川《せたがわ》』と呼ばれる。瀬田の唐橋《からはし》が有名だな。昔から『唐橋を制する者は、天下を制する』といわれるほど交通の要衝《ようしょう》で、数々の激戦に巻き込まれている。その瀬田川が京都に入ると『宇治川』となるんだ。そして更に、下流の大阪では『淀川』となる」

「そうなんですね……」

宇治川という名前は知っている。瀬田の唐橋の瀬田川も、淀川という名前も知っている。でも、全て同じ川だったことは知らなかった。

奈々が驚いていると、

「あの橘《たちばな》橋を渡って、橘島に行こう」崇は言う。「この宇治川は何といっても、元暦元年（一一八四）の、源義経と木曾義仲の合戦が有名だ。佐々木四郎高綱《ささきしろうたかつな》と梶原源《かじわらげん》太景季《たかげすえ》との先陣争いだな。あそこに碑が建っている」

見れば「宇治川先陣之碑」と刻まれた、ごつごつとした自然石が置かれていた。

宇治川は、と橋を渡りながら崇は言った。

「古来の激戦地であるのはもちろん、さっきも宇治橋の袂《たもと》で見たように、紫式部『源氏物語』に何度も登場する。『宇治十帖』で、薫《かおる》と匂宮《におうのみや》という二人の男性に愛されてしまった浮舟が、思い詰めて宇治川に身を投げようとした話はとても有名だ。また

『椎本《しいがもと》』にも、宇治というのは『うらめしと言ふ人もありける里の名』だと書かれている」

「うらめしと……」

「だが現在、宇治川は素敵な観光名所となっていて、夏には鵜飼いも行われている。ここの鵜飼いは、女性鵜匠《うしょう》がいることで有名だ。とても人気らしいよ」

崇の指差す方を見れば、確かに屋形船が何艘《そう》も川縁に停泊していた。夏ともなれば、それらが宇治川に浮かぶのだろう。実に優雅だ。

しかし奈々は、数年前に崇から聞いた「鵜飼い」の本質——真実の話を思い出してしまい、複雑な気持ちで歩く。

すると崇が、

「結局……頼政の謎は解けなかったな」残念そうに深く眉根を寄せた。「もちろん、平等院を一周しただけで解けるような謎だとは思っていなかったが、もう少し発展するかと期待していた……」

「大丈夫ですよ」奈々は崇を見て微笑む。「きちんとお墓参りもできたんですから、いずれ閃きます。これからです」

「そうかな……」

「そうです」

確信したように奈々がきっぱり言うと、崇は少しだけ笑った。

「ここまで来たから、朝霧《あさぎり》橋を渡って対岸の宇治神社にお参りしようか」

宇治川に架かる朱塗りの欄干の橋の向こう側、緑の山裾《やますそ》にチラリと鳥居が見える。その神社だ。

「あちらには、今言った宇治神社と、宇治上神社が鎮座している。両方共に主祭神は、菟道稚郎子命《うじのわきいらつこ》。第十五代・応神《おうじん》天皇の皇子だ」

菟道稚郎子の名前は、これも『六歌仙と七福神』事件の際に、貴船で聞いた。

確か……。

奈々は記憶を辿《たど》る。

菟道稚郎子の住んでいた土地は、もともと「許《き》の国」と呼ばれていたが、死後に彼の名を取って「うじ」と呼ばれるようになった、という話ではなかったか——。

それを崇に確認すると、

「そうだ」と頷いて続けた。「その菟道稚郎子は、仁徳《にんとく》天皇に皇位を譲るために自ら命を絶ったというからね」

「えっ」奈々は息を呑む。「その方は、自殺されたんですか……」

「この事件も、非常に怪しい」崇は苦笑する。「いずれ詳しく調べてみなくてはならないかも知れないが——今は、ここまでにしておこう」

「はい……」

奈々は頷いたが——宇治は、さまざまな「暗い」歴史を呑み込んで、現在も「明るく」ここに存在している。実に奥が、懐《ふところ》が深い。

そういえば十年以上も前になるけれど、

わが庵《いお》は都のたつみしかぞ住む
　世をうぢ山と人はいふなり

という喜《き》撰《せん》法師の歌。

これも、一般に言われていることとは違って、二重三重の意味があると崇から聞かされた。その時は、やはり小松崎も一緒で、貴船で起こった殺人事件に巻き込まれた時だった……。

懐かしく思い出しながら橋を渡り終えて、宇治神社の朱塗りの鳥居をくぐった時、

「折角《せつかく》だから」崇が唐突に言った。「帰る前に宇治川繋がりで、大津《おおつ》をまわってから帰ろう」

えっ、と奈々は目を瞬《しばたた》かせる。

「大津……ですか？」

「大津は、帰りの京都駅から琵琶湖線に乗って、たった十分だ。ちょっと寄って帰ろう。というのも大津には、もう一つの激戦地、瀬田の唐橋がある。ここ、宇治橋と並んで、当時の二大激戦地だ。地形を見れば当然なんだが、京都を狙う者たちは必ずといって良いほど、この二つの橋で争ったからね。宇治神社と宇治上神社をまわったら通圓でお茶を飲んで、それから移動しよう」

勝手にどんどん予定を決める崇を見て、

「はい」

奈々は、にっこりと微笑んだ。

＊

山口県下関、赤間《あかま》神宮《じんぐう》。

この神宮は、海の底にあるという竜宮城を彷彿させる白壁・朱塗りの立派な水天門《すいてんもん》が有名だ。というのも「身は水底に沈んでも魂は天上にある」として、まだ幼くして壇ノ浦に入水《じゅすい》された安徳天皇をお祀りしているからだ。

毎年五月に斎行される「先帝祭《せんていさい》」は、その安徳天皇の霊を慰めるために始まった赤間神宮最大の祭で、色艶《いろあで》やかな衣装を身に纏《まと》った花魁《おいらん》——上臈《じょうろう》役の女性たちや、大勢の稚児《ちご》が街を練り歩いた後、この時のために境内に特別に設置された「天橋《てんきょう》」を渡って、おごそかに神殿に参拝する。

また「平家雛《ひな》流し」の神事や「耳なし芳一琵琶《ほういちびわ》供養」の琵琶奉納《ほうのう》演奏などが執り行われる、西日本最大の祭の一つだ。

特に今年は、安徳天皇が壇ノ浦に沈まれて八百二十年。そこで神宮では「八百二十年式年先帝祭」が斎行される予定になっている。

それなのに――。

何という、罰当たりな事件だろう。

赤間神宮鳥居前、国道九号線を挟んで広がる海に面した広い駐車場に立って、山口県警捜査一課警部・矢作茂夫《やはぎしげお》は苦々しい顔で唸《うな》った。

半世紀以上も暮らしているここ下関のみならず山口県警でも、矢作が地元愛溢《あふ》れる人間であることは有名で、今回の事件の報告が入った時は、部署にいた人間全員が恐る恐る矢作の顔を見たほどだ。矢作もゆっくりと立ち上がり、自ら事件の担当を宣言して、この現場へとやってきた。

「被害者は、京都の人間だと言っていたな」

矢作は眉根を寄せたまま、部下の久田太《ひさだふとし》巡査部長に確認した。ただでさえ不機嫌そうな顔つきで有名な矢作の顔が、今日はそれに加えて怒気までが漂っている。

「名前は？」

はい、と久田も硬い表情で答える。

「水瀬義正、三十三歳です」

久田は日頃、矢作から何かと目をかけられ可愛がってもらっていた。親子ほど年が違うので、本当の親父《おやじ》と息子のようだと良く言われる。しかし今回は、そんな久田でさえも、しばしば顔色を窺ってしまうほど矢作はピリピリしている。

「先日の」と久田は静かに続けた。「京都で起こった殺人事件の重要参考人として手配書が回っていましたので、身元はすぐに判明しました」

その書類は、矢作も目にしている。

京都・亀岡にあるという「頼政塚」で、水瀬正敏が殺害された。しかも、喉と腹を割かれるという、猟奇殺人の様相を呈《てい》していたのだという。その後、一人息子の義正が失踪《しっそう》しているため、京都府警から協力要請の連絡が入っていたが、今回その義正が被害者。

しかも、この壇ノ浦で――。

矢作は、チラリと右手に見える大きなオブジェに目をやる。

故・清盛の妻、二位尼《にいのあま》・時子《ときこ》が、幼い安徳天皇を体全体で包みこむように抱き、今まさに壇ノ浦に身を投げようとしている様を表している。台座には『平家物語』の有

名な冒頭、

「祇園精舎《ぎおんしようじや》の鐘の声、諸行無常の響きあり。
沙羅双樹《しやらそうじゆ》の花の色、盛者必衰《じようしやひつすい》の理《ことわり》をあらはす」

云々と刻まれ、オブジェはとても近代的な作品なのだが、その歴史を知っていると、思わずつい涙を誘われてしまう――。

「それで」と矢作は視線を戻す。「こっちの被害者――水瀬義正は、間違いなく殺されたんだな」

「今のところは、そのように」

「京都――頼政塚の事件には、関係していないのか？」

「まだ、そこまでは」

首を振る久田から目を逸らした。

頼政塚……源三位頼政。

余り好きな人物ではない。

はっきり言ってしまえば、嫌いだ。

確かに、文にも武にも秀でていたのだろうが、源氏を見捨てて清盛に媚《こ》びを売り、かと思えばその清盛たちを裏切って以仁王について旗挙げをした。結果として敗れてしまったものの、そのおかげで平家が滅亡の憂き目に遭ったのだ。まだ幼い安徳天皇までも巻き込んで——。

歴史の流れと言えばその通りなのだろうが、やはりそのきっかけを作った頼政の行動はとても不可解で、不愉快だ。

矢作が心の中で八つ当たりしていると、

「鑑識によれば」と久田が言った。「被害者の首回りには、ロープ痕の他にも、かなり激しい引っかき傷が認められることと、後頭部に殴打されたような外傷が残っているため、明らかに他殺だろうということでした」

「ということは」矢作は舌を鳴らす。「被害者は頭を殴られ絞殺された後で、犯人によって、海に放り込まれたというわけか。しかも、碇《いかり》のオブジェに繋がれたまま」

「はい」久田は頷く。「そのまま海に放り込んでしまえば、潮流に乗って流されたでしょうに、まるで早く発見してくれといわんばかりです」

「そういうことだな……理由は分からんが」

矢作は頭を振ると現場に近づいた。

海へと続く石段の中央には、こちらもオブジェが置かれている。

大きな碇だ。

潮風ですっかり錆びついてしまっているが、碇には太い鎖が絡みついている。たったそれだけの造りなのだが、これで、壇ノ浦の戦いにおいて自らの体に碇を巻きつけて海に沈んだという伝説を持つ平家の大将・平知盛――「碇知盛《いかりとももり》」を表している。

少し離れた場所に立つ説明板には「海峡守護『碇』の由来」とあり、知盛の「みたまを慰め、海峡の平安を祈る」と書かれていた。

いつしか知盛は、海峡の守護神となっていた。

また、その側には、知盛を主人公にした謡曲『碇潜《いかりかずき》』の内容が詳しく書かれ、最後に、

「壇の浦は急流で知られる関門海峡の早鞆《はやとも》の瀬戸《せと》に面した一帯をいう。平家滅亡の悲哀やその最後を美しくした総帥の面目と情趣に想いの馳せる海岸である」

とあった――。

矢作たちが現場に到着すると、被害者の遺体は引き上げられており、近づいてきた鑑識が先ほどの久田とほぼ同じ説明を繰り返した。

「殺害時刻は昨夜でしょう。海水に浸《つ》かっていた割には、遺体の損壊がそれほど激し

くはありませんでしたので」

「ということは……」矢作は久田を見る。「父親の正敏が殺されたのは一昨日の深夜だから、被害者はすぐにこちらに移動したということか」

「はい……」

と応える久田に、矢作は尋ねる。

「何のために？」

「……さあ」

「殺害された自分の父親を亀岡に残して、それほど急いでこの下関に来なくちゃならん理由があったというのか？」

「おそらくは……」

どうしてだ。

亀岡では、片づけなくてはならない事柄が山積みだったはず。それを全て放って、わざわざ壇ノ浦までやってきた。

何故？

大きく嘆息する矢作の隣で、久田が言う。

「京都の事件は深夜だったようですから、一昨日中の移動は無理だったでしょう。自家用車ならば別ですが、亀岡からですと一旦《いったん》京都まで出なければなりません。そうなると、もう夜行バスもなかったでしょうから」

「そういうことだな」矢作は頷いた。「京都府警に連絡する際に、被害者の家に車が残っているかどうかも確認してくれ。こちらは、新幹線と在来線の改札を当たろう。朝一番でやってきたとすると、まだそれほど乗客も多くはなかったろうからな」

「はい」

その後、矢作たちは鑑識から細かい話を聞くと、今度は、正面に赤間神宮の鳥居と美しい水天門を眺めながら現場を後にした。

調書に目を通しながら簡単な昼食を摂り終わって、一服しようとしていた矢作のもとに「警部！」と久田が駆け寄ってきた。

「どうした？」と尋ねる矢作に、

「下関で新しい水死体《ほとけ》が上がりました」久田は硬い表情で答える。「今度は、女性です！」

「何だとお。下関のどこだ」

「観音崎町《かんのんざきまち》の近くです」

「さっきの現場と、目と鼻の先じゃないか。殺人《ころし》か？」

「まだそれは何とも」久田は首を横に振った。「現在、鑑識がそのまま直行しました」

ふん、と矢作は鼻を鳴らす。

「被害者の身元は？」

「現在、確認中です」

「死亡時刻は？」

「詳細は不明ですが、やはり昨夜ではないかと」

「ということは、今朝の事件と関連があるのか」

眉根を寄せて呟《つぶや》いた矢作に、

「それに関しても現在調査中ですが」久田は応えた。「充分に可能性はあるのではないでしょうか」

「昨日の関門海峡の潮流を調べてくれ」

はい、と久田は答えると、

「先ほど調べました」

メモを取り出して読み上げた。

「昨日、南西から流れてくる潮流は午後八時前後に一旦止《や》み、今日の零時頃にかけて今度は北東から南西へ――つまり、赤間神宮方面から観音崎方面に向けて流れました。最高速度は約十ノット、つまり時速約十八キロメートルだったそうですので、充分に人の体も流されたと考えられます」

その答えに、矢作は心の中で微笑むと、

「つまり」と久田を見た。「犯行時刻が昨夜の二十時から零時の間とすれば、夜の潮流に乗った遺体は、北東の地点から観音崎辺りまで流された可能性がある」

もしもその女性の死亡時刻が義正と近ければ、二つの遺体——二つの事件が無関係のはずはない。

「よし！」矢作は立ち上がった。「まず、観音崎の現場に行こう。その後で、もう一度今朝の現場に足を運ぶ。何か見落としていたことがあるかも知れんからな」

「はいっ」

二人は足早に部屋を飛び出した。

《瀬田《せた》川の烽火《ほうか》》

彼の来《きた》るや疾風の如く、
彼の逝《ゆ》くや朝露の如し。

芥川龍之介《あくたがわりゅうのすけ》『木曾義仲論』

宇治での予定を全てこなし、京都駅まで戻って軽く昼食を摂った後、瀬田の唐橋まで行くのだからと言う崇の提案で、近江《おうみ》国一の宮・建部《たけべ》大社をまわることになった。

この大社の主祭神は、日本武尊《やまとたけるのみこと》。

大社入り口までの参道には、熊襲《くまそ》征伐から始まって、弟橘《おとたちばな》姫の入水や、伊吹山《いぶきやま》、草薙剣《くさなぎのつるぎ》、そして尊の最期まで、イラスト入りで詳しく書かれた説明板がズラリと並んでいた。

現在は、こんなに平和な空間だけれど、天武《てんむ》天皇によって現在地に遷座されて以来、数々の戦乱に巻き込まれてしまい、甚大な損害を被ってきたのだという。それというのも、「唐橋を制する者は、天下を制する」と謳《うた》われた唐橋のすぐ近くに鎮座しているからだ。

つまり、唐橋がそれほどの重要拠点だったという事実の裏返しだろう。ちなみにあの頼朝も、平家に捕らわれて伊豆に流される途中に唐橋を渡り、大社に立ち寄って源氏再興の祈願をしたという。

奈々たちもゆっくり参拝して、瀬田の唐橋へと向かう。実は先ほど、石山《いしやま》駅から夕クシーで移動した。あっという間に橋を渡ってしまったので、今度はのんびりと歩いて渡る。

崇と並んで橋の東詰に立って見渡せば、手前の大橋が約百七十メートル。中之島《なかのしま》を挟んで、約五十メートルの小橋が、たっぷりと水を湛えて流れる瀬田川に架かっていた。歌川広重《うたがわひろしげ》の浮世絵「勢田夕照《せたのせきしょう》」にも描かれ、宇治橋と共に「日本三名橋」の一つに数えられているだけのことはある絶景だ。

二人並んで心地良い川風に吹かれて歩きながら、

「ここは昔、東海道を行き来する際には」崇が口を開いた。「京都に入ろうとする者、あるいは逆に、京都から東海道を行こうとする者にとって、必ず通らなければならない地だったんだ。その際には、こうやって唐橋を渡るか、それとも琵琶湖上を舟に乗って横切るかという二択の方法しかなかった」

「そう……なんですね」

と頷く奈々に、崇は言う。

「舟を使う場合には、草津《くさつ》宿の矢橋《やばせ》から乗って大津宿で降りれば、琵琶湖に沿ってぐるりと歩くより、距離も半分で済む。だがその代わり、比叡颪《ひえいおろし》などの突風を受けて転覆するという危険性を常に孕《はら》んでいたから、当時は文字通り命懸けだった。そこで、室町時代の連歌師・宗長《そうちょう》が、

武士《もののふ》の矢橋の舟は速けれど
　急がば回れ瀬田の長橋《ながはし》

と詠んだ。ここから『急がば回れ』という有名な諺《ことわざ》が生まれたんだ」

などと蘊蓄《うんちく》話を聞きながら歩くうちに、奈々たちは大橋を渡り終えて中之島に到着した。この島にはレストランやホテル、それにギャラリーまであるようだ。立て看板には、俵藤太秀郷《たわらのとうたひでさと》が、この橋上で出会った老人に頼まれて大百足《おおむかで》退治をした、という伝説などが書かれていた。

奈々たちはそのまま進み、やがて小橋を渡り終えると、崇は橋の袂に立っていた周

辺地図に近づく。近辺で見落としてしまっている史蹟や、意外な神社仏閣などがないかを確認しているのだ。奈々も崇の後ろから地図を眺めていると——。

「すみません……」

後ろから声をかけられた。

奈々が振り向くと、少し困ったような表情の若い女子が二人立っていて、そのうちの一人が、おずおずと口を開いた。

自分たちは東京から観光に来たけれど、この近くに松尾芭蕉《まつおばしょう》のお墓があるという情報を得たので、ぜひ行ってみたい。でも、こちらに来てから知ったので、どこにあるか全く分からない。もしかして、ご存知ないでしょうか——？

「ごめんなさい」奈々は微苦笑しながら謝る。「私は全く知らなくて」

「そうですか」

と女性が残念そうに俯《うつむ》いたので、

「ちょっと待ってね」奈々は、まだ案内板を覗き込んでいた崇に訊いた。「この近くにあるという松尾芭蕉のお墓、知ってますか、タタルさん」

すると崇は、川風に吹かれてボサボサになっている髪のまま振り向いて答えた。

「ああ、知ってる」

「えっ」

女性たちは、パッと顔を明るくする。

「そ、そこは……どこなんでしょうか！」

「膳所《ぜぜ》だ」

「私たち、京阪《けいはん》膳所から電車に乗ってきたんです！」

「じゃあ、戻ればいい」

崇は、そっけなく言い放ったが、彼女たちは「やった」「東京から来た甲斐があった！」と可愛らしくガッツポーズを作った。

それを見て思わず笑ってしまった奈々は、

「お二人は」彼女たちに尋ねた。「東京からいらしたの？」

「はい」ともう一人の女性が答えた。

大学の春休みを利用して、二人で旅行しています。今日は石山寺《いしやまでら》へ、昨日は日吉大社《ひよしたいしや》から比叡山に行ってきました——。

「日吉大社と比叡山！」

「私たちの大学の名前にちなんだ場所だったので、まとめて行ってきました」

「というと」その言葉に反応した崇が、チラリと二人を見た。「もしかして、東京・麹町《こうじまち》の日枝山王《ひえさんのう》大学か」

「えっ。ご存知なんですか？　それほどメジャーじゃないのに」

「以前に、知ってる先生がいたんでね」

「本当ですか！」

「小余綾俊輔《こゆるぎしゅんすけ》という民俗学科の助教授だったんだが、去年、退職された。知っているかな」

二人は顔を見合わせて首を横に振る。

「残念ながら……」

「とてもユニークな先生で、何度かお話しさせていただいたことがある。小余綾先生が退職されてしまったのはとても残念だが、まだ民俗学科には素晴らしい教授がいらっしゃる」

「そうなんですか……。もしかして、あなたも大学の先生ですか？」

真剣な顔で覗き込んでくる女性を見て、

「いいえ」奈々は笑いながら答えた。「違います。ただの薬剤師よ」

「薬剤師？」キョトンとした顔で女性が尋ねる。「じゃあ、どうして私たちの大学の先生、しかも民俗学の助教授と？」

「この人の趣味だから」

「趣味って、民俗学がですか？」

「その辺り全般について」

「薬剤師なのに？」

「なのに、という言葉遣いはおかしい」崇は顔をしかめる。「俺の知り合いで、毒草ばかりいじっているのに『伊勢物語』に関してやけに詳しい男もいる。誰もが勝手に変な線引きをするから、話がややこしくなるんだ」

「はあ……」

呆気《あつけ》に取られてしまった二人に向かって――怪しい二人だと思われてしまう前に――奈々は自己紹介した。私たちは今言ったように東京に住んでいる薬剤師で、昨日京都で一泊して、今日は観光して帰るところ。

すると女性たちも自己紹介する。日枝山王大学文学部の学生で、来月二年生になる、橘樹雅《たちばなみやび》と飯田三枝子《いいだみえこ》。お互いの進級のお祝いも兼ねて、滋賀・京都をまわる二泊三日の旅行中。

ということは、二十歳前後だ。その年代を自分に置き換えてみると、オカルト同好会に入会して崇と出会った頃だろうか。何となく暗い青春……。

その頃は、まさかこんな数奇な（？）人生を歩むことになるなんて、全く考えていなかった。薬学部をきちんと卒業し、無事に国家試験に通り、ごく普通の薬剤師になるはずだったのに。

いや。

今も薬剤師業務は、普通にこなしている。その他のプラスアルファが多すぎるのだ。だが、それもこれも、隣でボサボサの髪をなびかせている男の所為《せい》――。

奈々が、あれこれ複雑な思いを巡らせていると、

あなた方も観光旅行ですか？　と三枝子が尋ね、その言葉で現実に戻った奈々は、笑って説明する。

昨日、奈々の妹の結婚式――といっても、ごくごく内輪だけの挙式のために京都までやってきたので、今日は朝から宇治を観光し、折角なので、新幹線に乗る前に大津までやってきた。

すると崇が、

「東京の人間のくせに、わざわざ八坂《やさか》神社で挙式するという、その意図が計りかねるな」

とぶっきらぼうに言ったが、

「でも」雅が、奈々の顔をチラリと見ながらフォローする。「結婚式なんて、おめでたいことだったんですから、良かったですね！」

良い子たちだ、と思った奈々の隣で、

「そうならば良いがね」崇は表情一つ変えずに応える。「めでたいと言って愛《め》でてい

る分には構わないが、これが『愛《め》づ』になってしまうと、『愛《いと》おしい』が転じて『気の毒』に変わる。また『目出度《めでた》い』としたところで、この言葉には『愚か者』という意味もある。『おめでたい奴だ』というようにね」

「は……」

絶句する雅たちを見て、奈々は慌てて叱《しか》ったが、

「事実なんだから仕方ない」

崇は、しれっと答える。

「だが、そのおかげで、こうして大津見物ができたから、感謝はしているがね。以前から参拝したかった、近江国一の宮の建部大社もまわれたし」

そ、そうですね、と応えて、

「あなたたちも」奈々は雅たちを見る。「自分の大学と名称が同じだからといって、わざわざお寺や神社をまわるなんて、偉いわね」

「い、いえ」雅が答えた。「そんなことはないです。もともと私、日吉大社とか比叡山へは行ってみたかったんで。名前も縁起が良さそうですし」

するど、雅をチラリと見て崇が尋ねた。

「きみは『日吉』の名称の意味を知っているのか？」

「えっ」

虚を突かれて口籠《くちご》もる雅に代わって、

「もとは『日枝《ひえ》』だったって聞きました」三枝子が答える。「その『枝』を、縁起の良い『吉《え》』に変えたって」

「『枝』から『吉』は良いとして、では、その前は？」

「は……」

「そもそも『ひえ』とは何だ？」

「……『吉《よ》い日』のことですか」

「それは後付けだ」

まさかこんな所で講義——しかも、マニアックな講義を受けることになるとは想像していなかったのだろう。二人は少しの間、戸惑っていたが、

「じゃあ……」と雅が、恐る恐る崇に尋ねた。「どういう意味だったんですか？」

「『日本書紀』神武天皇即位前紀に、こう書かれてる。『墨坂《すみさか》に焃《おこしずみ》を置けり』と」

「えっ」

初対面の人間に向かって、いきなり『日本書紀』神武天皇即位前紀とは……。

そんなことに慣れっこになっている奈々は苦笑いしたが、雅たちは目を見開いたまま唖然としていた。しかし崇はいつものように、全く気にすることなく続けた。

「奈良に侵攻してきた神武たちの軍勢から自分たちの国を護るために、地元の豪族た

ちが彼らの進路に膨大な量の熾し炭《おこ》——赤々と火のついた産鉄用の大きな炭を積み上げて、行く手を妨害した。これが墨坂神の始まりとなった。この神は、雄略紀《ゆうりやく》にも登場する正体不明の大蛇《おろち》だとも言われている。ちなみに『墨坂』というのは、踏鞴《たたら》製鉄で木炭を投入する係の人間の名前でもある」

「そう……なんですね」

ますます呆然とする雅たちの前で、なおも崇は続ける。

「そして、この『墨（炭）坂』が、やがて『住栄《すみさかえ》』となり『住吉《すみよし》』と変遷した。一方、炭を『火』に置き換えれば『火栄《ひさかえ》』——『ひえい』となり『日吉《ひえ》』となった。つまり」

崇は二人を見た。

「『住吉』も『日吉』も、朝廷の人々にとっては余りありがたくない名前だ。もちろん『墨之江《すみのえ》』に住まわれている『住吉神』や、『比叡』に鎮座している『日吉大神』もね」

雅は崇の顔を見返すと、

「あの……」と今度は奈々に尋ねてきた。「奥さんは、今の話、ご存知でした？」

「ええ」奈々は微笑みながら答える。「何度も聞かされているから」

「何度も？」

雅と三枝子は、相変わらずの不審そうな顔で、無言のまま見つめ合っていたが、すぐに、

「それで！」雅が、一気に話題を元に戻した。「結局、芭蕉の墓は膳所のどこに？」

ああ、と崇は答えた。

「義仲寺《ぎちゅうじ》にある。多くの門人たちの句碑に囲まれてね」

「義仲寺って、もしかして――」

「平安末期の武将・木曾義仲が葬られている寺だ。愛妾《あいしょう》の巴御前《ともえごぜん》や、山吹《やまぶき》御前の塚も建てられている」

「木曾義仲……」

「源頼朝や義経たちの従兄弟《いとこ》だ。名前は聞いたことがあるだろう」

「ええ、もちろん！」雅は大きく頷いて答える。「源平合戦で、一度は平氏を京の都から追い出したけれど、今度は頼朝や義経たちに攻められて敗れ、自害してしまったという」

「粗野で乱暴な人物として有名な、あの武将ですよね」三枝子もつけ加えた。「その義仲が葬られている寺に、どうして芭蕉が？」

「遺言だったからだ」

「え？」

「自らの死に臨んで、芭蕉は門人たちにこう託した。自分の死後『骸《から》は木曾塚に送るべし』――と」

「ええっ」

「そこで、芭蕉が享年五十一歳で亡くなった元禄《げんろく》七年（一六九四）十月十二日の深夜、向井《むかい》去来《きょらい》、宝井《たからい》其角《きかく》、水田《みずた》正秀《まさひで》ら門人たち十人は、芭蕉の遺骸を川船に乗せて淀川を上って義仲寺に入り、遺言通り義仲の墓近くに埋葬した。会葬者は三百余人に及んだといわれている。事実、其角の『芭蕉翁終焉記《おうしゅうえんき》』には『木曾（義仲）塚の右に葬る』とあり、現在もそのままになっているらしい」

一瞬、呆気に取られてしまっていた雅が、

「どうして、また芭蕉は……？」

ようやく尋ねると、

「単純に」崇は、あっさり答える。「彼のことが大好きだったからだろうな」

「義仲のことを？」

「巴御前が義仲を供養するため、寺の境内に結んだといわれている『無名庵《むみょう》』に、芭蕉は何度も滞在しているし、元禄四年（一六九一）の句には、こんなものがある。

木曾の情《じょう》　雪や生えぬく春の草

とね。義仲の近くで永遠に眠りたいと、心から憧れていたんだろう」

「京の人々誰からも嫌われていた、粗暴な武士をですか！」

「芥川龍之介は『彼は遂に情《じょう》の人也《ひとなり》』と書いている」雅の言葉を無視して、崇は続けた。「また、水戸《みと》学などでは義仲を悪く言っているが、それは全く『失笑せざる能《あた》はざる也《なり》』——つまり、呆れて噴《ふ》き出《だ》さざるを得ない話だと」

「芥川龍之介までも？」

思わず身を乗り出して問《と》い質《ただ》そうとする二人から、サラリと視線を外すと、

「そうだ、奈々くん」崇は奈々を見た。「折角だから、俺たちも義仲寺に寄ってみようか。きみは行ったことがあるか？」

「いいえ」

奈々は、首を横に振った。行ったことがあるどころではない。

「お寺の名前も、今初めて聞きました」

「じゃあ、良い機会だ。どうせ帰り道だし、寄ってから帰ろう。では」

雅たちに手を挙げて挨拶すると崇はいきなり歩き出し、奈々も二人に軽くお辞儀すると、あわてて後を追う。

その背中に向かって、

「ちょ、ちょっと待ってください！」三枝子が呼びかけてきた。「寄ってから帰るって――ここから義仲寺まで歩いて行かれるんですか？」

「歩いても行かれないことはないだろうが」崇は足を止めたが、振り返りもせずに答える。「石山からJRを一駅乗った方が早いだろう」

「それで、桑原さんたちは今から石山駅へ？」

「いいや」と崇は首を横に振った。「義仲と共に命を落とした今井《いまい》兼平《かねひら》の墓があるから、寄ってご挨拶してから行く」

「今井兼平ですか！」三枝子が叫んだ。「最期まで義仲と一緒にいて、彼が討たれた後で、日本史上に残るほど壮絶な自害を遂げた武将のお墓がこの近くに？」

「石山駅の向こう側だからね」崇は静かに答えた。「歩いて十分ほどだろう。折角だから、参拝していく。それでは」

「えっ」

再びお辞儀をして背を向けた奈々の後ろで、雅と三枝子は急いでヒソヒソと相談したようだ。すぐさま二人、バタバタと奈々たちの後を追いかけてきた。そして、

「あっ、あの！」三枝子が再び呼びかけてくる。「わ、私たちもご一緒してよろしいでしょうかっ」

その声に立ち止まって振り返る崇たちに、雅も叫んだ。

「ぜひ、今井兼平のお墓に！」

奈々はチラリと崇の顔を見る。

別にどっちでも構わないという表情で肩を竦めた崇の隣で、

「ええ、どうぞ」奈々はニッコリと微笑んだ。「あなたたちさえ、よろしければ」

「あ、ありがとうございますっ」

「よろしくお願いします！」

二人は揃って頭を下げると、そそくさと奈々たちの後をついてきた。


目的地に向かって歩きながら、崇は奈々のために義仲について説明した。

『平家物語』は「三部に分けて読むべき」だという説がある。第一部は、平清盛を中心にした巻一から巻五まで。第二部は、木曾義仲を主人公とした巻六から巻八まで。そして第三部は、源義経が活躍する巻九から巻十二に至る部分。

つまり義仲は、清盛や義経と並ぶ英雄だったということだ。

初めて聞いた奈々が驚いていると、

「もちろん怨霊慰撫という意味合いもあるが、基本的にはそういうことだ」

崇が答えた。

そして義仲は、二歳年上の乳母子《めのとご》の兼平や、彼の妹の巴とは特に仲が良かった、な

ど と崇が言うと、

「兼平と共に、最後まで義仲に付き添っていた巴御前ですね！」

二人の後ろで、三枝子が少し興奮気味に言った。「義仲の愛妾で、色白の美人。しかも戦には、とんでもなく強かったという女武者」

「彼女に長薙刀《ながなぎなた》を持たせたら」雅も楽しそうに会話に参加してくる。「大抵の武者は、とても太刀打ちできなかったって。憧れちゃいます」

巴御前は、なかなか人気があるらしい。

事実、巴は長い黒髪の非常に美しい女性だったという記述が残っているという。華麗で精悍《せいかん》な美女。無敵の女性ではないか。

これでは人気が出るはずだ。

すると崇がつけ加えた。

義仲にはその他にも、葵《あおい》御前と、山吹御前という女傑がいて、彼と共に戦っている。但し葵御前は、戦いの途中で自害したと言われている。また、もう一人の山吹御前は、病に冒されてしまったにもかかわらず、最後まで義仲に従い、敵に討たれてしまった――。

その話を聞いて、奈々は納得する。

松尾芭蕉や芥川龍之介の話ではないが、彼女たちも自分の命を賭してつき従うほど、義仲は魅力的な武将だった。

頼政の時と同じだ……。

やがて時代は清盛の全盛を迎え、それと同時に平家が専横を極め始めたのだという。特に清盛の妻・時子の兄の時忠《ときただ》などは「平家にあらずんば人にあらず」と言った
――などと三枝子が言うと、崇が訂正した。

「正確に言えば『人にあらず』じゃない。『この一門にあらざらむ人は、皆人非人《にんぴにん》なるべし』と言ったんだ」

「人非人《ヽヽヽ》！」雅は驚く。「まさか――」

「そう記されているんだから仕方ない」崇は苦笑する。「だから芥川龍之介もこの時忠の言葉を、平氏ではない人間は『人にして人にあらず』と言ったと訳している」

平等院で崇が言い淀んだ部分だ。奈々は、このことか、と改めて納得した。

「時忠、酷すぎる……」

雅は眉根を寄せて絶句した。

しかし、そんな清盛たちに対して、徐々に反旗を翻す人々が登場してきた。中でもやはり一番大きかったのは、以仁王の平家打倒の令旨と、源頼政の挙兵だった。

平等院で聞いたように、頼政たちは敗れてしまったものの、頼朝は伊豆で呼応せざるを得なくなり、一か八かで挙兵した――。

奈々は、今の言葉に引っかかる。

やはり、平等院で途中になっていた部分だ。

「呼応せざるを得なかった——って」奈々は尋ねる。「どうしてなんですか?」

ああ、と崇は軽く頷く。

「この戦に際して清盛は、源氏であったが頼政を非常に信頼していたんだ。だが、以仁王の命に応えて、彼はあっさりと自分たちに反旗を翻した。そのため、やはり源氏は信用ならないと激怒し、全国の源氏を根絶やしにしろと命令を下した。そこで、追い詰められた頼朝は、窮鼠《きゅうそ》猫を嚙《か》む、の心境で立ち上がらざるを得なかった」

そういうことだったのか……。

奈々が納得していると雅たちも、結果論だけれど、以仁王や頼政が、平家打倒への道筋を作った——などと話す。

その後、清盛が謎の熱病で死亡すると、木曾を出発した義仲が台頭してきて連戦連勝し、平家を京の都から追い落とす。

ところが、と崇は続ける。

「義仲たちの入京から一ヵ月後には、彼らは都の人々から、乱暴狼藉《ろうぜき》を働く田舎者《いなかもの》だと大顰蹙《だいひんしゅく》を買うことになった」

えっ。それは、

「何故？」

不思議に思って尋ねる奈々に、崇は答えた。

「全国的に酷い飢饉《ききん》の真っ最中だった上、平氏は完全に撤退していた。だから都には、殆ど食料すら残っていない状態だったため、兵士たちによる強奪や略奪が行われてしまった。しかも義仲軍は混成軍だったため、きちんと統制も取れていなかったから、止めさせようにも命令が行き届かなかったといわれてる。そこで、義仲に京の治安回復を期待していた人々は、一斉にそっぽを向くどころか、義仲たちを蛇蝎《だかつ》のように憎み始めた」

それは……酷い。

「だが当時の状況を考えると、

『もし頼朝麾下《きか》の範頼《のりより》・義経軍が、義仲軍に先んじて、京を制圧していたとしても、やはり狼藉の暴徒とそしられ、義仲と立場を変えていたであろう』

という説もあるし、義仲軍以外の強奪や犯罪なども、全て彼らのせいにされてしまったという」

「それもまた……」

だが、こういった状況では、往々にしてあることなのかも知れない。どさくさに紛れて、自分たちの悪業を誰かに押しつけてしまう。

もしくは、後の世の歴史書で、そう改竄《かいざん》してしまう——。

「しかも、義仲が平氏討伐のために都を出ている隙を見計らって、後白河法皇は鎌倉の頼朝に義仲追い落としの相談を持ちかけていた」

えっ。

どういうこと？

尋ねると崇が、後白河法皇は後に頼朝からも「日本一の大天狗《おおてんぐ》」と罵《のの》られている、と答えた。

「この時まだ義仲は、北国で再起を計ろうと考えていた。ところが、源範頼の率いる三万五千騎の大手軍《おおて》が美濃から琵琶湖南端の瀬田へ、同時に源義経の率いる二万五千騎の搦手軍《からめて》が宇治へと、あっという間に進軍してきてしまった。ここで義仲たちには、京に留まって彼らを迎え討つしかなくなってしまった」

瀬田の唐橋と宇治橋の「二大激戦地」だ。

その、歴史的地点で敵を「迎え討つ」のは良いとしても——。

「軍兵の数が一桁《けた》違うじゃないですか！」

驚く奈々に、崇は言う。

「そうは言っても、今更どうしようもなかった。そこで義仲は、行家《ゆきいえ》と平家に対する西の備えのために、木曾四天王の一人で今井兼平の兄の樋口兼光《ひぐちかねみつ》に五百騎を与えて河内国に送り出し、範頼軍が寄せる瀬田には、今井兼平の八百騎を配置する」

「三万五千対、八百？」

「仕方ない。もう、それしかいなかったんだからな」と言って崇は続けた。「また、義経軍の侵攻を受ける宇治には、やはり木曾四天王の二人、根井《ねのい》行親《ゆきちか》・楯親忠《たてちかただ》、そして志田《しだ》義広《よしひろ》らの五百騎」

「こちらも、二万五千対五百ですか！」

そうだ、と崇は頷く。

「そして、肝心の京の中心部には、義仲や巴御前らの二百騎が布陣した。そこでいよいよ、寿永三年（一一八四）正月二十日。戦闘の火蓋《ひぶた》が切られた」

「義仲たちの、最後の戦いですね」

「だが、やはり衆寡敵せず、義仲たちの軍は各所で打ち破られる。兼平は瀬田橋を死守して範頼軍を寄せつけなかったが、とにかく軍勢の数が違う。その中の一部が、大きく迂回して渡河してきたため、兼平は退くしかなかった」

それはそうだろう、と奈々は思う。

むしろ、持ちこたえていたことが奇跡に近い。それほど兼平は必死、獅子《しし》奮迅《ふんじん》の働きをしたのだ。

崇は続けた。

「甲斐源氏の一条次郎《いちじようじろう》率いる六千騎が、三百騎余りの義仲たちの最後の対戦相手となった。義仲軍は誰もが鬼神のように奮戦したが、多勢に無勢で徐々に討ち取られ、散り散りになってゆく——。敵の囲みを突破した時には、義仲を含めてたったの七騎。そしてついには、義仲・兼平・巴・手塚太郎《てづかのたろう》と叔父の手塚別当の、わずか五騎となってしまった」

「二十倍もの敵に、真正面からぶつかっていったんですものね。無理です……」

〝でも〟

奈々は思う。

何十倍もの敵と相対して向かって行くって——頼政と同じじゃないか。

ただ、頼政は自らが望んで戦になったが、義仲の場合は、決して望んではいなかったが結局はそうせざるを得なかった。

これは偶然か……どうなんだろう？

一方崇は続ける。

「やがて、手塚太郎が討ち死にして、別当も行方知れずになってしまう。そこで義仲は巴に向かって、おまえは落ち延びろと命じた。もちろん巴は拒んだが、義仲の余りに強い口調に仕方なく諦めた」

えつ。

今まで付き従ってきたのに、最後の最後に諦めた？

百戦錬磨・必勝不敗の女傑、巴御前が？

まさか……。

奈々は首を傾げたが、崇は続けた。

「巴は、悔し涙を拭《ぬぐ》うと、

『最後のいくさして見せ奉《たてまつ》らん』

と言い残して敵方三十騎の中にたった一騎で駆け入り、大将の首を掻き斬って捨てると、鎧兜《よろいかぶと》を脱ぎ捨て長い黒髪をなびかせながら落ち延びて行った。その余りの剛胆さに、周りの武者たちはただ茫然《ぼうぜん》として、誰一人追いかける者はいなかった」

奈々は、ぞくっ、として思わず息を呑む。

長薙刀を手に、血塗られた戦場を駆け去って行く騎馬上の美女。たなびく一条《ひとすじ》の黒髪。その姿を、ただ呆然と見送る何百もの武者たち——。

溜息しかない奈々の隣で、

「その後の巴は」と崇は言った。「鎌倉へ連行され、頼朝の家臣・和田義盛《わだよしもり》と再婚して、剛勇で有名な朝比奈三郎義秀《あさひなさぶろうよしひで》を産んだという話もあるが、これは子供の年齢が合わないから、ただの伝説だと言われている」

「じゃあ、きっとそうなんでしょう」

「しかし、また違う説があって、こちらの方がしっくりくる」

「それは？」

「朝比奈三郎が、実は義仲と巴の子供で、頼朝の許可の下に、和田義盛の養子となった」

「えっ」

雅が声を上げたが——。

可能性としてはあり得る、と奈々も直感した。

そして「あっ」と思い当たる。

義仲との別れの場面。戦場を離脱した本当の理由は、間違いなくそれだ。

木曾に、義仲と自分の子供がいたから——。

故に、兄と義仲を残して立ち帰った。

義仲も、その辺りを言い含めたに違いない。そうでなければ、あの巴御前が義仲を残して木曾へ帰るわけもない。それこそ、義仲を殺しても（？）その場に踏みとどまったろう。

心の中で勝手に納得している奈々の隣で、崇は言った。

「一方の義仲は、兼平と二人だけで、琵琶湖の畔の粟津《あわづ》、まさにこの近くの地で最後の戦いに臨んだ。この時、義仲の吐いたという、

『日来《ひごろ》はなにともおぼえぬ鎧が、今日は重うなったるぞや』

——日頃は何とも思わない鎧が、今日は重く感じられることよ、という言葉は有名だな。兼平は、何とか義仲を落ち延びさせようとしたが、義仲はどうしてもここで討ち死にすると言う。兼平は仕方なく『敵に討たれる不覚を取るくらいなら、せめて自害を』と注進し、自分が矢防《やふせ》ぎとなって戦った」

たった一人で？

驚いて目を見開く奈々に、崇は続ける。

「ところが、自害するための場所に向かって走らせた馬が、薄氷の張っていた深田に脚を取られて動けなくなってしまう。その義仲の顔面を敵の射た矢が直撃して落馬し、首を掻き斬られてしまった——。自分一人を目がけて雨のように降り注ぐ矢の中でその姿を見た兼平は、ここまでと覚悟を決め、

『日本一の剛の者の自害を手本とせよ！』

と叫んで、切っ先を口にくわえたまま馬から逆さまに跳び落ち、その太刀に首を貫かれて死んでしまった」

「え……それが」奈々は絶句してから、三枝子をチラリと振り返った。

「彼女の言っていた『日本史上に残るほど壮絶な自害』ということなんですね」

そうだ、と崇は頷いた。

「千人からの敵をたった一人で引き受け、前例のない方法で自害した。まさに剛の者の最期だね――。こうして、平家討伐の旗挙げから三年四ヵ月。大軍で入洛《にゅうらく》して六ヵ月。実質的な政権を握って二ヵ月で、義仲たちは敗れ去った。そして、この時の戦いに関して、こんな言葉が残されている。

『一家も焼かず、一人も損せず』

とね。つまり、戦と無関係な人々を道連れにすることなく死んで行ったという伝承だ。それまでの戦はといえば、平重衡《しげひら》の南都焼き討ちや、義経たちの数々の戦法などを始めとして、大抵は一般人を巻き込んでいたからね」

なるほど。

そういう意味も含めて、芭蕉や芥川龍之介が義仲を高く評価していたのかも知れない、と奈々が勝手に考えていると、

「さあ、到着した。ここが、今井兼平の墓だ」

崇が言い、全員で住宅地に流れる川沿いの草むした場所に足を踏み入れる。

太い石の柵に囲まれた、立派な兼平の墓を参拝すると、四人は元来た道を石山駅へと戻った。

次はいよいよ、義仲寺に向かう。

中新井田は城と共に、山口県警・下関署へと向かっていた。

＊

今回の事件は、京都府警と山口県警による合同捜査本部が設置されることが確定したため、中新井田たちは一足先に、直接の担当である山口県警捜査一課の矢作警部と久田巡査部長の話を聞くことにしたのだ。

矢作たちから何点か調査しておいて欲しいという要請が届いており、また中新井田たちからも訊きたいことがある。そこで、一度お話をしたいという連絡を入れたところ「ぜひ」というので、城と二人、新幹線に揺られている。

隣で早めの夕飯をパクついている城を、そして窓の外を流れるどんよりと厚い雲を眺めながら、中新井田は思う。

今回の事件は、どうも納得のいかない点が多い。動機や経緯は別にしても、第一の疑問は凶器だ。

城が言ったように、凶器の短刀は被害者・水瀬正敏の自宅の居間に飾られていた物に間違いなさそうだった。とすれば、その時点で犯人はほぼ特定される。被害者は、息子の義正と二人暮らしなのだから、その短刀を持ち出したのは二人のどちらかだ。

だが、義正が犯人であり、その短刀を持ち出したと仮定すると、何故そんな重大な証拠を現場に残して逃走したのか。それほどまで、パニックに陥っていたのか？

しかし犯人は、殺害後に被害者を「切腹」させるという行為に出ている。もしもパニックに陥っていたなら、そんなことはきっと無理だ。転がるようにその場を離れただろう。

無計画な思いつきの犯行だったのか？　そのために、殺害後の凶器の始末を考えずに実行してしまい、処分することまで頭が回らなかった……。

だが、これも考えづらい。

夜中とはいえ、血糊《ちのり》のついた短刀を手に逃走することは余りに危険だとしても、犯行現場に投げ捨てておくなどというのは、犯人を特定してくれと言っているようなものではないか。

更に。

犯人と目される義正は、下関で遺体となって発見された。しかも自殺ではなく、殺害されたようだという。これが殺人と断定されれば、誰かもう一人以上の人間の関与の可能性が濃厚になってくる。

殺人となれば、仲間割れか、口封じか？

もしかすると、現場に残された凶器の件も絡んでくるのか？

いや。

予断はこれくらいにして、後は現地に到着してから検討することにする――。

中新井田は車窓の景色から視線を戻すと、腕を組んで目をつぶり、シートに大きく寄りかかった。

*

崇を除いた三人が、すっかり打ち解けた頃、奈々たちは石山駅に到着し電車に乗り込んだ。

義仲寺のある膳所《ぜぜ》まではたった一駅なので三分ほどだが、崇が黙りこくったままだったので、雅や三枝子が、自分たちの大学生活の話を続けていた。

電車は、あっという間に膳所に到着し、四人は改札口を出る。

すると突然、崇が口を開いた。

「どうやら少し勘違いしていたようだ」そう言うと、いきなりボサボサの頭を掻いて更にボサボサにした。「しかし、義仲寺に到着するまでに気がついて良かった」

「勘違いって？」奈々は尋ねる。「義仲に関してですか」

「もちろん」

「まさか」今度は雅が問いかける。「義仲は、芭蕉や芥川が慕うような立派な武将ではなかったとか！」

「全く逆だ」崇は雅をじろりと見て答える。「俺が考えていた以上に、素晴らしい武将だったようだ」

「えっ」

驚く奈々たちに向かって崇は、都における義仲のエピソードを語る。下品な仕草《しぐさ》や、牛車に関する無知など、貴族たちから散々に「大馬鹿者」とまで呼ばれたことなど——。

しかし、と崇は言った。

「これら全ての出来事は、見方を変えれば、義仲がとても大らかで飾らない性格であり、しかも頭の回転も速い機知に富んだ男だったと思える。それを『平家物語』では、粗野で乱暴で無知で恥知らずな田舎者として描いているわけだ」

「義仲を悪者にするためですね」

「実は、それだけではなく、もっと根深い話があると俺は思う」

「それは？」

「後回しにしよう」崇は言って、話を続けた。「とにかく、この一連の描写は、頼朝を常識人に見せるという理由もあったが、やはり一番の鍵は、後白河法皇と安徳天皇だ」

「というと？」

「後白河法皇は、安徳天皇の在位を認めないという立場にいて、すぐにでも次の天皇を即位させようと考えていた。しかし、もちろん法皇が頭の中に描いていたのは、自分が院政を行うことができる、完全に制御可能な人物で、当時まだ四歳だった尊成《たかひら》親王、つまり後の後鳥羽《ごとば》天皇しかいなかった。しかし、その話を耳にした義仲は猛反対する」

「何故ですか」

「以仁王の第一皇子の、十九歳になる北陸宮《ほくろく》が、加賀国におられたからだ」

「以仁王の遺児——ということですよね」

そうだ、と崇は首肯した。

「北陸宮は尊成親王と同じく後白河法皇の孫であり、父の以仁王は後白河法皇救助のために命を投げ出され、しかも令旨により平家を京から追い出した。この功績に鑑《かんが》みても、新天皇は北陸宮様とすべきであると主張した」

正論だ。

四歳の尊成親王（後鳥羽天皇）と、十九歳の北陸宮。これは、反駁《はんばく》不可能。

奈々が首肯すると、

「全くおっしゃる通りです」三枝子も、強く同意した。「法皇たちは、反論のしようがなかったのでは？」

「そこで」と崇は苦笑する。「後白河法皇たちは『占い』で決めることにした」

「占いで？」

「最初から、後鳥羽天皇になるというインチキな占いだ」

「えっ」

「それを知った義仲は、更に激怒する」

当たり前だ。

しかし後白河法皇らは、義仲の訴えを無視して強行した。

それを聞いて三枝子が、後白河法皇がそんなに悪人だったのかと崇に尋ねた。すると崇は、

「悪人や黒幕と言うよりも」苦笑しながら答えた。「かなり愚昧《ぐまい》な方だったらしい」

「愚昧？」

「崇徳天皇にも、こう評されている。『文にもあらず、武にもあらぬ』人物だとね」

「文にも武にも——」

文武両道の頼政とは、見事に正反対の人物ということか。

奈々が呆れ顔で驚いていると、崇は言う。

「かなり激しい、殆ど罵倒《ばとう》とも取れる評だな。しかも法皇は『享楽的で女色、男色とも大好きで、欠点を数え立てれば際限もない』とまでいわれている」

はあ？　奈々は耳を疑ったが、崇は続けた。

「故に、この時代の黒幕だったというのは全くの俗説で、今までの話でも分かるように、ただ単に、その時々の利益だけで、どちらにでも転ぶ人間だったようだな」

「それで、義仲とも対立した」

「そういうことだ」

平家が京を支配していれば平家と結び、義仲が平家を追い落とせば義仲と結び、頼朝が東国で勢力を得れば頼朝と結ぶ。

自分を利するためならば、誰とでも……。

「しかもこの時」崇は言う。「後白河法皇は頼朝と手を握っていたため、義仲は頼朝とも対立することになる。その上、この後は頼朝の時代になったために、死後も義仲の冤罪《えんざい》が晴れることはなかった」

ああ……、と三枝子は大きく頷く。

「悪者のままにしておいた方が、頼朝にとっても都合が良いですから。粗野な悪人だったので京の人々から要請があって、義仲を倒したんだという」

しかし、

「それだけじゃない」崇はつけ加えた。「頼朝は、義仲の死後に嫡男の義高《よしたか》も殺害している」

「人質として鎌倉へ送った子供で、しかも頼朝の娘・大姫《おおひめ》の婚約者じゃないですか！」

目を丸くする三枝子を崇は見た。

「故に頼朝としても、義仲の悪い評判の誤りを正すことなく、そのまま放置しておく方が都合良かった。いわゆる、未必の故意だ」

そういうことか。

更に納得して、

「義仲の悪評というのは」奈々は大きく頷いた。「そういう理由からだったんですか……。もう一度、きちんと見直さなくてはなりませんね」

殆ど全ての——と言っても良いかも知れない——歴史には必ず「裏」がある。だから我々は、その歴史をただ鵜呑《うの》みにして覚え込むだけではなく、まずは疑ってかかる必要があるということを、奈々は学んだ。この可愛らしい学生たちにも、いつかそんなことを感じる時が来れば良いのだけれど……。

一方——。

「義仲に関しては、もう一つ」崇は更に続ける。「範頼や義経が京を取り囲んで攻めた時、誰もが不思議に思い、人々に信じられないと言わしめたことがあった。さっき、義仲と兼平が合流したと言ったろう。それに関してだ」

「と言うと？」

我に返った奈々が尋ねると、崇は答える。

「当時の京には『京都七口《ななくち》』という道が通っていた。それは、北へ抜ける『大原口《おおはらぐち》』『鞍馬口《くらまぐち》』『鷹峰口《たかみねぐち》』、南へ抜ける『伏見口《ふしみぐち》』『鳥羽口《とばぐち》』、西へ抜ける『丹波口《たんばぐち》』、そして東へ抜ける『粟田口《あわたぐち》』だ。そして、義経二万五千の軍は伏見口の先の宇治から、範頼三万五千の軍は粟田口の先の——この近辺である粟津から、京の都の義仲を狙っていた。そして到底、もう義仲たちに勝ち目はない」

宇治橋に、二万五千。

唐橋に、三万五千。

そして、義仲軍は、

「全員で二千騎弱ですものね」

刃を交えたら、とてもではないが、そこで討ち死にするしかない。

頷く奈々を見て、崇は続けた。

「故に、義経たちが京へ攻め込むとなれば、義仲に残されている選択肢は二つしかない。今井兼平や樋口兼光たちが必死に敵を防いでいる間に、丹波口から西へ逃げ、平氏と手を結んで義経たちと対峙する。あるいは、大原口から北陸へ逃げ、巴御前たちと共に木曾に帰って軍備を調える」

「確かに、その二つだけでしょう」

「実際に義仲は、都の中を三条河原まで進んだ。その先は大原口だ。だから誰もが、義仲は北陸へ逃げる道を選んだと考えた。ところが次の義仲の行動に、鎌倉方の軍兵は腰を抜かした」

「というと？」

「義仲はそこから鴨川《かもがわ》を渡ると、一気に粟田口を目指したんだ」

ええっ。

さすがに奈々も、声を上げてしまった。

「だって、そこは――」

「範頼の三万五千騎と、兼平の八百騎が戦っている場所だ」

「一体どうして！」

つまり、と崇は答える。

「最初から義仲の頭には、彼ら郎党を置いて自分だけ逃げ延びようなどという考えは微塵もなかった。仲間と一緒に死ぬことしか考えていなかった」

「でも！」雅も叫んだ。「兼平たちは、義仲を落ち延びさせようとして——」

「彼らが義仲の姿を見て驚いたか、それとも『やはり、見捨てずに来てくれた』と感じたか……それは俺には分からない」

崇は、ほんの少しだけ微笑んだ。

「しかし大津の浜で、長薙刀を抱えた巴御前たちを引き連れて、必死に駆けつけてきた義仲の姿を見た兼平たちは、どう感じたろうか。『平家物語』にある兼平の『かたじけなう候《そうろう》』という、たったこれだけの短い言葉に、彼の思いの全てが詰まっているような気がする」

確かにそうだ——。

こんな場面で相手にかける言葉などいらないし、義仲も兼平のその一言だけで充分だったのではないか。

いや。

何の言葉も必要ない状況だったろう——。

絶句する奈々たちに「だから」と崇は言った。

「芥川龍之介は、更にこう書いている。

『然《さ》れども多涙の彼は、兼平と別るゝに忍びざりき。彼は彼が熱望せる功名よりも、更に深く彼の臣下を愛せし也《なり》』

そして、

『彼は遂に情の人也』

とね」

頷く雅たちに向かって、崇は言った。

「主従の『従』である兼平のもとへ『主』である義仲が駆けつけてきたんだ。実際に今名前の出た知盛も、一の谷で我が子を身代わりにして思わず逃げ帰ってしまったことを、死ぬまで後悔し続けた。そのように、戦場は理性が通用しない場だ。ところが義仲は、きちんと『契』を果たした。いわゆる、肝が据わっている真の大将だった」

「…………」

「さて――」

崇は顔を上げた。

「ここが、その彼らが眠っている義仲寺だ。しっかりお参りするとしよう」

義仲寺は外から見ると、寺というより昔の民家のような造りだった。

山門の左手には大きな柳が春風にそよぎ、その下には「史跡義仲寺境内」と刻まれた石の寺号標と、かすれてしまって殆ど読めないが「はせを（芭蕉）翁墓所」と「朝日将軍木曾義仲御墓所」と刻まれている（らしい）石碑が並んで建っていた。

奈々が感慨深く眺めていると、

「まず、巴地蔵尊からお参りしよう」

崇が言って、四人は山門脇に建てられている小さな地蔵堂に入った。中には、可愛らしい石の地蔵が立ち、綺麗な花が飾られていた。

山門をくぐると、すぐ右手の寺務所の側には、大きな芭蕉の木が春風にそよいでいた。寺務所の人に挨拶して案内書をもらい、寺の縁起などに目を通しながら、四人は奥へと進む。

境内は、こぢんまりとした日本庭園のようで、芭蕉を始めとするたくさんの句碑が建てられていた。右手には、義仲寺の本堂である「朝日堂」が建っていて、義仲・義高父子の木像や、今井兼平や芭蕉など、数々の位牌《いはい》が安置されていたので深く参拝して、堂の対面に建つ「巴塚」へと移動した。

こちらの塚も綺麗な花が飾られていた。その横に立っている巴の生涯が書かれた説明板の、

「涙ながらに落ち延び」

という解説も、崇の話を聞いた後では、じわりと心に染み入ってくる。塚の脇には、伊勢の俳人・又玄《ゆうげん》の有名な、

木曾殿と　背中合わせの　寒さかな

という句が刻まれた石碑が建っていて、その背後には知らない者はないだろうと思われる、

古池や　蛙《かわず》飛び込む　水の音

という芭蕉の句碑があった。

それらを眺めながら四人は、義仲の墓へと進む。

緑の木々や草花に囲まれて、大きな宝篋印塔《ほうきょういんとう》がたたずみ、脇には「木曾義仲公の墓」という札が立てられていた。

参拝が終わると、更に奥へと進む。池のある小さな庭園を通り過ぎると、すぐ松尾芭蕉の墓があった。

比喩でもなんでもなく、芭蕉は義仲の隣に眠っていることになる。

ところが、その墓石を見て奈々は驚いた。前面に「芭蕉翁」とだけ刻まれたその墓石は、不思議なことに細長い二等辺三角形なのだ。どこかにその理由が書かれている

かと探したけれど、何も見当たらなかった。そこで、

「変わった形ですね」

と崇に訊いてみたが、崇も少し首を傾げたまま、

「そうだな……」

としか答えなかった。

四人は先へ進み、境内突き当たりの木曾八幡社や、その手前にある芭蕉辞世の句ともいわれる、

旅に病《やん》で　夢は枯れ野を　かけ廻《めぐ》る

と刻まれた石碑や、芭蕉の坐像が飾られている「翁堂」なども見学して、全員で義仲寺を後にした。

初めて聞いた義仲や兼平、そして巴御前の話を感慨深く思い返しながら、膳所駅に向かって歩いている途中で奈々は、

〝そういえば――〟

と急に閃いた。そこで、

「あの、タタルさん」崇に問いかける。「さっき、巴御前の供養塔を見て、ふと思ったんですけど」

「なに」

「『巴』という名前、ちょっと変わってませんか？」

えっ、と雅と三枝子が後ろから聞き耳を立てる。

「私たちは」と奈々は言った。『最初から、強く美しい女性というイメージを抱いていますから『巴御前』と聞いても、何とも思いません。でも他の女性たちは『葵御前』とか『山吹御前』というように、草花の名前ですよね」

義仲の母親の名前も「小枝御前《さえごぜん》」と言っていたはず——。

「あとは『静御前《しずかごぜん》』とかね」

「そういわれれば！」雅が声を上げた。「耳から『ともえ』って聞くと、普通の女性の名前みたいですけど、字が違います」

ええ、と奈々は頷く。

「巴って確か——」

「そうです」三枝子も言った。「『巴』は、もとは勾玉《まがたま》とか、『鞆《とも》』で、弓を射る時に左手首に装着する道具の名称ですよ。女武者だから、それでも良いのかも知れませんけど」

「でも、葵御前も山吹御前も、女武者よ」

「そうか……」

雅と三枝子が首を傾げていると、

「またしても」崇が頭を掻いた。「迂闊《うかつ》だったな」

「は？　何がですか」

尋ねる雅に向かって、崇は説明する。

「巴御前の『巴』は、木曾にある『巴が淵《ふち》』で彼女が良く泳いでいたから付けられたという話が一般的だ。その淵に棲《す》んでいるという龍神の生まれ変わりだ、とね。『巴が淵』には、以前に俺も木曾に行った際に立ち寄ったが、エメラルドグリーンのとても澄んだ綺麗な川が流れていた。だが、そこで泳いで遊んでいたのは、巴一人のわけもないからな。大勢の子供たちが泳いだはずだ。しかし、巴だけがその名前を冠せられた。というのも『巴』という文字の、もともとの意味は『とぐろを巻いた蛇』だった」

「蛇？」

「しかも、ただの蛇じゃない。物凄《ものすご》く大きな蛇だ。『字統《じとう》』や、他の漢和辞典にもこう載っている。『象を食らふ蛇なり』『巴蛇《はじゃ》、象を食らひ』『神話的な長蛇』だとね」

「象を食べる大蛇！」

「サン＝テグジュペリの『星の王子さま』みたいだな」崇は楽しそうに笑った。「象を呑み込んだ『帽子』の絵だ」

「い、いえ、そうじゃなくて――」

「本来は、そういう意味だったんだ」突っ込む雅を遮って、崇は言った。「つまり巴御前も、それほど立派な女武者だったということだ。そして、蛇で戦いの神といえば？」

　奈々が、

「弁才天《べんざいてん》……ですか」

　答えると、崇も、

「そうだ」と首肯する。「弁才天は七福神の一人で、現在では音楽や財福などを司る女神としてすっかり有名になっているが、もともとは八本の手にそれぞれ武器を持つ、戦いの女神だった。まさに巴御前のように、強く美しい女性だ。まさに巴は、弁才天の化現《けげん》のように崇められていたんじゃないかな」

「ああ……」

　頷く雅たちの前で、崇は楽しそうに笑った。

　なるほど、と奈々も納得する。

　きっと、そうに違いない。不思議に見える事柄には、きちんとそれなりの理由があるものだ。

　すると崇も思い出したように「巴といえば」と言った。

「芭蕉も、彼女に憧れていたんだろう」

「芭蕉が？」

「義仲寺でも見たが、どうしてあんな南国風の植物を彼が愛したのか、とても俳人には似つかわしくないんじゃないか、と俺は思っていた。でも、さっき気づいた。彼は植物そのものよりも、その名前を愛していたんじゃないか」

「えっ」

　不審な顔をした三枝子の横で、雅は「あっ」と声を上げた。

「芭蕉の『芭』には『巴』が入っているから！」

「えええっ」

　三枝子は呆れたように雅を見たが、

「そうだろうな」

　崇は、あっさりと言う。

　確かに。

　おそらく彼は、心の底から義仲に、そして同時に「巴」に思い「焦《こ》」がれていたのだ。それで——「芭蕉」。

「となると」崇がボサボサの頭を掻いた。「芭蕉の墓があんな形だったのも、わざとだったのかも知れない」

「あの、謎の三角形ですね」雅が身を乗り出してきた。「どうしてですか？」

「三角形は」崇は静かに答える。「蛇の印だからね」

「あっ」三枝子が叫ぶ。「三《み》つ鱗《うろこ》！」

魚や蛇の鱗文様だ。

現在では北条氏が用いていたことで有名だけれど、弁才天由来の文様……。

そうだ、と崇は言う。

「日本三大弁才天の一つ、江島《えのしま》神社の神紋は、三つ鱗だ」

「まさに、巴ですね！」

「但しこれは」崇は苦笑する。「少し考えすぎかも知れないがね」

「いえ、きっとそうです」雅が真剣な顔で同意する。「だって、墓石があの形になった理由は、どこにも書かれていなくて、ずっと謎のままだそうです。だからついには、そんな石しかなかったんじゃないかって」

「それは変だよね」三枝子は笑った。「だったら義仲みたいに、きちんと宝塔を建てれば良かったんだから。別に、大急ぎでこの日までに埋葬しなくちゃ、とかなかったんだから」

「そうだよね」

と雅たちは何度も頷き合っていた。

それを微笑ましく眺めて、

「改めて思いますけど」今までの話を聞いて、奈々は言う。「義仲は、それ程まで人々に愛されていたんですね」

「こういう話が残っている」崇がつけ加える。「粟津《あわづ》で敗れた後、義仲や兼平や根井《ねのい》行親《ゆきちか》たちの首が、京の市中を引き回されることになった。その時、捕縛されていた樋《ひ》口兼光《ぐちかねみつ》は、それらの首の供をしたいと願い出た。すると、許されはしたが、水干《すいかん》と立《たて》烏帽子《えぼし》という粗末な姿に着替えさせられ、しかも最後尾を裸足《はだし》で歩かされた。しかし兼光は、京の人々に嘲笑《あざわら》われながらも『最後まで殿の側にいたい』という一心で、ついて歩いた。そして後日、兼光も斬首《ざんしゅ》されたという」

「それほど、義仲のことを慕っていたというわけですね……」

頼政といい、義仲といい。

家臣や部下の誰もが自分の「大将」や「殿」に対する愛情が深い。これも、彼らの人間性によるものなのだろうか。

「同時に」崇は言う。「木曾の誰もが京の貴族を嫌いだった。特に、義仲たちのいない間に、京を追い出す算段をしてしまおうなどということは、彼らにはとても考えられないことだったんだろう。もっとも、そのおかげで義仲は死後、散々悪く言われるようになってしまったわけだがね」

でも……と、雅が尋ねてきた。

「今までの桑原さんの説明で、人体のところは理解できましたけれど、どうして京の貴族たちは、そんなに義仲たちが嫌いだったんでしょう。本当に人が良さそうな武士なのに」

奈々も同意する。彼らは、人が良いというより天真爛漫《てんしんらんまん》・純真無垢《むく》な人々だったのではないか——。

もともと、と崇は言う。

「貴族は『武士』が嫌いだった。彼らは、とにかく血や穢《けが》れを嫌っていたからな。そのために、京には自警団もなかったほどだ。これは、そういった『穢れた』役目に就きたがる人間がいなかったことと同時に、そういった組織があることによって、戦や争いが起こるという、いわゆる『言霊《ことだま》』の世界に生きていたからだ」

「現実とは、真逆ですね……」

「そういうことだ。自警団があろうがなかろうが、いや、むしろない方が、強盗や殺人が多発する」

そして義仲は、と崇は雅たちを見る。

「特に許せなかった」

「特にって？」

「木曾義仲だったからだ」

その言葉に首を傾げる彼女たちに向かって、崇は「木曾」という名称は、もともと「危村《きそん》」から来ていると言った。

えっ。

「危村、ですか？」

不吉そうな名称に驚いて尋ねる奈々に、

「そうだ」と崇は頷く。「その頃、木曾は『危村』『岐蘇《きそ》』と呼ばれていた。そして、この時に造られたという橋も、

『それとて今日の波計桟道《はばかりさんどう》であるとはいえない。往時の木曾路《きそじ》は、現在の道筋より、はるか上方に通じていたのである』

というから、その峻険《しゅんけん》さは計り知れない。だからこそ義仲が逃げ込むことができ、木曾の人々も快く受け入れたんだろう。それに、今までの兼平や巴や兼光のエピソードでも分かったと思うが、人と人との結びつきがとても強い地だった」

「素敵な土地じゃないですか」

素直に微笑む奈々に向かって、

「だがね」と崇は言う。「『日本書紀』仁徳天皇、六十五年条に、こんな記述がある。『飛驒《ひだ》国に一人《ひとりのひと》有り。宿儺《すくな》と曰《い》ふ。其《そ》れ為人《ひととなり》、体《むくろ》を壱《ひとつ》にして両《ふたつ》の面《かお》有り』

つまり、『両面宿儺《りょうめんすくな》』という鬼が現れたという記述だ。二つの顔に四本の手、四本の足を具《そな》え、大力にして俊足、腰の左右に劒《つるぎ》を佩《は》き、四本の手で二張りの弓を引き、一度に二本の矢を放つことのできる『鬼』だ。そこで帝《みかど》は、武振熊《たけふるくま》という勇者を派遣し、宿儺を誅殺《ちゅうさつ》させたという」

「でも、それは——」

奈々の言葉を先回りして、崇は言った。

「もちろん宿儺は、俺たちと同じ人間だったろう。節分《せつぶん》の『追儺《ついな》』で追いやられてしまう『朝廷に従わない』人々だ。そこで『木曾』という名前は、『両面宿儺という鬼が蘇った「鬼蘇」』なのではないかという説もある」

「鬼が蘇る！」雅は叫んだ。「それで、貴族が異常に嫌がった？」

「大江山や、伊吹山の鬼たちのようにね。ただ、大江山の酒呑童子《しゅてんどうじ》は退治できたが、今回の木曾の鬼——義仲は、都に入り込んできてしまった。だから貴族たちとしては、チャンスがあれば何としてでも追い出したかった」

「立派な人間でも？」

「立派か立派ではないかという基準が、俺たちと彼らでは全く違っていたんだ」

確かにそうだ……。

奈々は納得しながら歩く。

一方、崇はそれ以降も雅たちに、天照大神や百人一首や『源氏物語』——紫式部の話までした。


やがて四人は、膳所からJRに乗る。

すると何故かそこでは一転して、崇がカクテルの話を始め（もう飲みたくなったに違いない）雅たちも楽しそうに耳を傾けていた。

わずか二分で大津に到着すると、雅と三枝子は崇と奈々に頭を下げて「色々と、ありがとうございました！」とお礼を言うと電車を降りた。

崇は相変わらずぶっきらぼうに片手を挙げたが、奈々は、

「また、いつかお目にかかりましょうね」

と手を振って別れを告げた。実際に「ホワイト薬局」の名刺も渡してある。

ドアが閉まって電車が走り出しても、二人はまだ見送ってくれた。大学も東京だというから、改めて会うこともあるかも知れない。

深々とお辞儀する二人に、奈々はもう一度手を振った。

＊

大津から京都へ向かう琵琶湖線の中で、崇が何事か呟いた。奈々は聞き間違えたのかと思い、もう一度確認する。

「すみません。今、何と……」

ああ、と答えて崇は、真面目な顔で繰り返す。

「きみと、彼女たちのおかげで、頼政に関する謎の答えに、一歩近づけた気がする。正直に言うと、無駄足も覚悟していたんだが、大津までやってきて良かった。感謝するよ」

えっ。

「どういうことですか？　あの子たちはともかく……私は特に何も……」奈々は小首を傾げる。「それに、大津では頼政の話なんて、一言も出ませんでしたよ。義仲と巴たちだけで」

「頼政と義仲には、とても大きな共通点があることに気づいたんだ」

それは、と奈々も目を瞬かせながら考える。

「……源氏の本流・摂津源氏？」

違う、と崇は首を横に振った。

「頼政は摂津源氏だが、義仲は頼朝や義経と同じ、河内源氏だ」

「じゃあ、何が?」

「それこそ、さっきの彼女たちの大学にいらっしゃった小余綾《こゆるぎ》先生から伺ったんだが、この時代は実に複雑で面白い。池禅尼《いけのぜんに》の謎の頼朝助命嘆願や、北条時政《ときまさ》にまつわる数多くの疑惑など興味深い話もあるが、とても長くなってしまうし、頼政と少し離れてしまうから、その辺りは省略して話そう」

奈々が頷くのを確認して、崇は続けた。

「清和源氏も『大和源氏』『摂津源氏』『河内源氏』と分かれたように、桓武《かんむ》天皇から繋がる桓武平氏も、いくつかに分かれた。一番有名なのは、清盛たち『伊勢平氏』だ。だが、この『伊勢平氏』は、もともとの領地の東国から出奔した氏族だ。東国こそが、平氏の領土だった」

「平将門《たいらのまさかど》たちのように……」

「その通り」崇は微笑む。「将門の従兄弟の子供辺りで、伊勢平氏が誕生している。将門直系の血統は、承平《じょうへい》・天慶《てんぎょう》の乱の際に絶えてしまったようだが、その他の平氏の血筋は、東国に根を下ろし続けていた」

そういうことなのか——と納得する奈々の頭の中に、一つの疑問が浮かんだ。

あの、と奈々は尋ねる。

「今更なんですけど……。基本的な事柄を尋ねても良いですか？」

「もちろん」

「今、お話ししていたのは『平氏』ですよね。そして、頼朝や義経たちは『源氏』。じゃあ、清盛たちの『平家』という呼び方は、何なんですか？『源家』と呼ばないように、全員が『平氏』で良いじゃないんですか？」

真剣な顔で問いかける奈々に、崇は答える。

「身も蓋《ふた》もなく言ってしまえば、きみの言う通り、全員が『平氏』なんだ。しかし後世、清盛の周囲の人々だけを指して『平家』と呼ぶようになった。故に『平家』という名称は、一種の造語なんだ」

「そういうことだったんですね……」

改めて頷く奈々に「そして」と崇は続ける。

「その『源平』時代、表舞台に台頭してくる『平家』ではない『平氏』たちがいた。皆、東国に暮らしていた人々だ」

「それは？」

「北条時政の北条氏、梶原景時《かじわらかげとき》の梶原氏を始めとして、三浦《みうら》氏、和田《わだ》氏、畠山《はたけやま》氏、大庭《おおば》氏、千葉《ちば》氏などなど、東国の豪族たちだ」

その崇の言葉に、

「東国の豪族たちって……」と奈々は目を丸くした。「全員が、頼朝と共に『平家』と戦った人たちじゃないですか」

「そうだよ」崇は、あっさりと肯定する。「これも以前に何度か話しているから、今は深く突っ込まないが――。北条時政などは、頼朝を完全に操っていたから、初期の鎌倉幕府は時政の傀儡《かいらい》政権と言い切っても過言じゃない。ということは、この時代の争いは――小余綾先生もおっしゃっていたが――決して『源平合戦』などではなく、あくまでも『平平合戦』だった。『伊勢平氏』対『東国平氏』の」

「え……」

啞然とする奈々の隣で、

「しかし」と崇はつけ加えた。「頼朝を始めとして、義経までもが呑み込まれていた『時政の呪縛』から逃れていた源氏の武将が、二人だけいた」

それは……と尋ねようとして、奈々は気づく。

「今の二人！」

その通り、と崇は首肯する。

「源三位頼政と、木曾左馬守《さまのかみ》義仲だ。彼らは、北条氏からの指図を全く受けることなく、あくまでも純粋な『源氏』として平氏――平家に立ち向かった。これが、二人の大きな共通点だ」

　なるほど、と納得する奈々に崇は言う。

「だから、そんなことも関係していたんだろうが、江戸では義仲が大人気だった。それに伴って、巴御前もね。彼らの人気は、義経と同レベルだった」

「えっ。でも、義経は『判官贔屓《ほうがんびいき》』で、歌舞伎などでは断トツに人気が……」

「歌舞伎ではね」崇は意味ありげに笑った。「それに関しては、きちんとした理由があるんだが、話が逸れてしまうから、また今度にしよう――。彼らが相撲《すもう》の番付表に喩《たと》えられたりすると、義仲は西の横綱にランクインした。義経よりも上位だ。そして、そのすぐ下に巴御前がいる。大津で言ったように、義仲は、平家を都から追い落とした征夷大将軍《せいいたいしょうぐん》――あるいは、征東《せいとう》大将軍だったんだからね」

「征東大将軍？」

「征夷大将軍はその名の通り『蝦夷《えみし》』を征伐する将軍で、征東大将軍は『東夷』『東国』を征討する将軍だから、実質上の大差はないし、時代によってもその役割が変遷しているが、誰もが『大将軍』という官職と称号を欲しがった。歴史上で最も有名な征夷大将軍は、坂上田村麻呂《さかのうえのたむらまろ》と源頼朝だが、実際にはもっと大勢の人々がその任に就いている」

　でも……と奈々は首を捻る。

「義仲はあくまでも『朝日（旭《あさひ》）将軍』で、大将軍ではなかったんじゃないですか？」

「大きな戦功があり、朝廷から官位まで戴《いただ》いている彼が、大将軍にならなかったはずもないし『朝日将軍』などは『平家物語』の作者たちが勝手につけた名称だ。義仲は間違いなく大将軍になっていた」

「それが本当だったら」と奈々は顔をしかめる。「そんな重要な事柄なのに、どうして知られていないんでしょう？」

「もちろん、頼朝と時政だ」崇は断定する。「彼らにしてみれば、義仲は頼朝と同じ『源氏』。しかも、一足先に征東大将軍の地位に就いている。そんな従弟を攻め滅ぼしたなどと、歴史に残せるわけもない。そこで、義仲の肩書きを『朝日将軍』に留めておいたんだ」

「そういうことだったんですね。でも、ど、どこから、『朝日』なんていう名称が——」

その言葉に、崇の表情が固まった。

「朝日のように登る勢いの将軍、というのが一般的な説明だが……そんな子供じみた……いや、ひょっとして……」

奈々を見る。

「そういうことか！」

「は？」

思わず体を引いてしまった奈々から視線を外すと、崇は呟いた。

「ああ……そうだ。またしても。頼政に関する疑問が一つ解けたような気がする」

「い、いえ。今私が尋ねたのは、頼政ではなく義仲の――」

「全く気づかなかった」崇は奈々の言葉を無視して、首を何度も大きく縦に振った。

「もちろん、今までそんなことを言った人もいなかったしね。奈々くん」

「はいっ」

「またしても、感謝する」

「あ、ありがとうございます……」

奈々が意味も分からず頷いた時、電車は京都駅に到着した。

しかし、まだ夕方早い時間だというのに空が暗い。今にも一雨来そうな空模様だ。

でも、後は京都駅から新幹線に乗って東京に帰るだけ。何も支障はない。

ドアが開いてホームに降り立つと、荷物を背負い直しながら、

「お昼は簡単に済ませてしまったから、どこかで美味しい物でも食べて帰ろうか。と言っても」崇は夕空を覗き見る。「天気が崩れそうだから、駅から余り遠くには行かれないが」

奈々も全く同じ考えだった。京都駅には伊勢丹《いせたん》もあるし、構内にも色々と美味しい

お店がある。

改札を抜けて、さてどこに行こうかと思った時、奈々の携帯が鳴った。

誰かと思ってディスプレイを見れば、小松崎だ。ちょうど昨夜のお礼も言いたかったし、奈々は崇に断って電話に出る。

「昨日はどうも――」

と微笑みながら挨拶を交わそうとした奈々の言葉を遮って、

「奈々ちゃん！」小松崎は大声で尋ねてきた。「今、どこだ？」

「え……」奈々は目を丸くしながら応える。「京都駅ですけれど」

「タタルは！」

「え、ええ。もちろん一緒に。これからどこかで夕食を摂って――」

良かった、と小松崎は大きく嘆息する。

「悪いが、ちょっと奴に代わってくれないか」

「は、はい……」

奈々は戸惑いながら「タタルさん」と呼びかけ、携帯を手渡す。

崇は一瞬眉根を寄せたが携帯を受け取ると「もしもし……」と応対する。

すると、

「おう、タタルか」小松崎の大きな声が漏れ聞こえてきた。「事件が起こった」

そうか、と崇は静かに応える。

「俺たちはこれから夕食を摂って、東京に帰る」

「ちょっと待て！　今からそっちに行く」

「来てどうする」

「聞きたいことがあるんだよ」

「新郎は新婦の側でゆっくりしていろ」

「その新婦が言ったんだよ。早くタタルの話を聞きに行けってな」

「沙織くんが？」

思い切り顔を歪める崇の言葉が聞こえなかったように小松崎は、

「京都駅のどこにいるんだ？　すぐにそこに行くから、飯を食いながら話そう。あ、そうだ。取りあえず京都駅直結のホテルのラウンジにいてくれ。十分もあれば着くから」

一方的に決めると電話を切った。

《御裳川《みもすそ》の濁水》

「さらばおのれら、死途《しで》の山の共《とも》せよ」

『平家物語』

下関署に到着すると、中新井田たちは久田の案内で、水瀬義正の遺体が発見された赤間神宮前の現場と、もう一人、女性の遺体が上がったという観音崎の現場を見てまわった。

白と朱に彩られた、まるで別世界の入り口のような赤間神宮の水天門や、たっぷりと青い水をたたえた関門海峡を眺めて中新井田は、どうしてこんなに風光明媚《ふうこうめいび》な土地で、陰惨な殺人事件が起きなくてはならないのかと自問する。といっても、地元・京都も同じなのだが——。

それから三人で、下関署で待つ矢作のもとに行き挨拶を交わしたのだが、周りがバタバタと落ち着かない雰囲気だった。経験上、何か新しい情報が入ったのだと直感し、中新井田は単刀直入に尋ねた。すると矢作は、硬い表情で答える。

「つい今し方、観音崎の女性の遺体の身元が判明しましてね」

「えっ」久田が声を上げた。「それは？」

ああ、と矢作はメモに視線を落として答えた。

「下関在住の、玉置《たまき》愛子《あいこ》、四十八歳。新下関大学歴史学研究室の助教授だそうだ」

「新下関大学助教授……。その方が、どうしてまた？」

「殺人か自殺かも含め、まだ詳しいことは判明していない」

矢作が答えたが――。

〝新下関大学……〟

中新井田は引っかかる。

昨日、耳にしたばかりではないか。

偶然か？

「ちょっと待ってください」

中新井田は矢作たちの会話に割って入ると、念のためなんですがと前置きして、昨日聞いた話を二人に告げた。

確か――。

〝前回は会員の提案で、新下関大学の歴史学研究室の教授に、特別にいらしていただきました〟

正敏の所属していた歴史サークルの会長がそう言った。

その言葉に矢作と久田は視線を交わす。

「それはまた」矢作は目を細める。「とても偶然とは思えませんな。その教授のお名前は？」

「確か……」中新井田は目を細めて思い出す。「安西とか安藤《あんどう》とか――」

「どちらにしても」矢作は久田を見た。「大学に確認を」

「はい！」

「こちらから訪ねるのが筋かも知れないが、この際、できればその教授にいらしていただこう。中新井田さんたちと一緒に、お話を聞きたいからな」

「承知しました」

久田は答えて中新井田たちの側を離れると、小走りで電話をかけに行く。

その背中を眺めて、

「あと、お尋ねのあった頼政塚の凶器の件ですが」中新井田は言う。「判明しました」

「ほう。それは？」

「水瀬家の所有物でした」

「被害者の？」

「代々水瀬家の護り刀として、常に居間に飾られていた物だったようです」

「つまり」矢作は、中新井田を見る。「その刀を持ち出すことのできた人間が、犯人だと」

「そういうことです」中新井田は首肯した。「そうなりますと、正敏の長男・義正の容疑が非常に濃い。指名手配に切り替えるべきではないかと話し合っていたところに、こちらの事件が起こり……」

「なるほど。それで、即座に合同捜査本部が設置されることになったというわけなんですね」

今度は矢作が言う。

「その、水瀬義正に関してですが、こちらで調べた限りでは、今のところ新幹線・在来線共、改札に姿が見えない。ということは、車での移動しか考えられない」

はい、と城が答える。

「確認して参りましたところ、水瀬家の車は二台。乗用車と軽だったんですが、二台とも家の駐車場に置かれたままでした」

「使用された形跡はないと？」

「そのようです。他に車を所持していないことも確認しましたので」

「しかし」矢作は眉根を寄せる。「自家用車も鉄道も利用していないとすると、京都から下関までの長距離の移動手段が問題になりますな」

はい、と城がメモを取りだして答える。

「亀岡からタクシーを使って京都駅まで移動し、そこから夜行バスを利用した可能性も考えました。当日は土曜日だったので、直行便もありますし。ところが、バスは京都駅発二十時三十分が最終便でした。亀岡から京都駅までは、車で約一時間。ということは、現場を十九時過ぎには離れていないといけない……。まだ確定してはいませんが、殺害時刻は少なくともそれよりは遅い時刻だったろうと」

「なるほど……」

「更に、もしも亀岡から下関までタクシーで移動したとなると六時間以上、料金は二十万円ほどかかってしまいます。犯人が、そこまで切羽詰まっていたとすれば、可能性がなくはないですが——」

「そこで、一番ありそうなのは」と中新井田が城の言葉を受け継いだ。「誰か、犯人の手助けをした人間がいた」

矢作は頷いた。

「そういうことでしょう」

「この事件にはまだ、何者かが絡んでいる」

「たとえば……観音崎で死亡が確認されている女性はどうでしょう?」

「玉置愛子ですな。しかし、被害者との接点が何もない」

いいえ、と中新井田は言う。

「先ほどの歴史サークルの会長の言葉を思い出したんです。そのレクチャーの際には『助手の女性までいらしていただいた』と。この女性が玉置愛子だとしたら。そして、その際に義正氏もレクチャーに出席していたとしたら――」

「蜘蛛《くも》の糸のように細すぎる可能性だが……」

「しかし、ゼロではないでしょう」中新井田は続ける。「『新下関大学』関係者ですし、まだ確定ではないにしても、義正氏とほぼ同じ場所・時刻に亡くなっているということですから」

「確かに、その点に関しては彼が」久田をチラリと見て、矢作は言う。「昨日から今日にかけての関門海峡の潮流を調べてくれたんだがね。もしも玉置愛子の死亡時刻が、昨夜二十時から今日の零時の間であれば、北東からの潮流に乗って赤間神宮前から観音崎まで流れてきた可能性は充分にある、と」

「やはり!」

中新井田たちが叫んだ時、久田が小走りに戻ってくると、

「警部」と矢作に告げた。「新下関大学歴史学研究室に連絡を取りましたところ、研

究室主宰の安西憲往《のりゆき》教授が、去年の暮れに京都・亀岡まで呼ばれてレクチャーに行ったことに間違いはないようです」

「そうか」矢作は頷く。「当然、水瀬正敏とも面識はあったんだな」

「その点に関してはまだ何とも言えません……。しかしその際、助手として玉置愛子が同行したもようです」

「何だと！」

顔を見合わせて身を乗り出す矢作や中新井田たちに向かって、久田は続ける。

「教授も大変驚かれていらっしゃいましたし、我々としてもぜひお話を伺いたいのでこちらまでご足労願えないかと提案したところ、後ほど——夕方頃で良ければ伺えそうだと」

「それはありがたいな」

「教授としましても、玉置愛子に関して我々から直接話を聞くことができれば、とおっしゃり、彼女について個人的にも詳しいと思われる助手も同行させたいということでしたので、許可しました」

「分かった」矢作は頷くと、中新井田たちを見た。「もう少しここで待っていていただきたい。教授たちが到着するまでの間に、先ほどの話の続きを」

「そうですね」

中新井田と城が答えて、中座していた久田に、凶器の話や義正の移動に関しての推論などを伝えると、四人で話し合う。

まず、正敏殺害に関して――。

水瀬家所有の刀で殺害されていた点から犯人が義正だったと仮定すると、頸部《けいぶ》だけではなく、腹部まで切り裂いたのは何故か？　それほどまでに大きな怨《うら》みを抱いていたのか。

周囲への聞き込みでは、彼ら親子の間には確執があったように思えない。かといって、とても仲睦まじかったという声も特に聞かれなかったし、最近、何かで揉めていたようだという噂も拾った。しかしこの辺りは当人――親子同士にしか判らない問題なのかも知れない。経験上、他人には窺い知れない怨念《おんねん》を抱いている親子も多くいることは承知しているが……。

また、義正と愛子との接点は？

たった一度、亀岡の歴史サークルで顔を合わせただけなのか。その後も、個人的に連絡を取り合っていたのか。

いや、もっと以前からの知り合いだった可能性はないのか。

歴史サークルで安西教授に声をかけたのは、会長が言っていたように会員の提案――単なる思いつきだったらしい。教授が『平家物語』、特に壇ノ浦に関して何冊か著書を出版していることを知った会員が、ダメもとで当たったのだという。

愛子は全く無関係だったのか？

それとも、何かしら関与していたのか……。

そして。

義正の逃亡に手を貸したのは誰か？

最終的に彼を殺害したのは？

その殺害事件も含めて、そこに玉置愛子は関与しているのかしていないのか？


数々の疑問点を洗っていると、城の携帯が鳴った。城は中新井田たちに許可を取ると「もしもし」と応答する。

するとみるみるうちに城の表情が硬くなり「分かった。ありがとう」と言って携帯を切った。同時に中新井田に、そして矢作たちに告げる。

「今、新しい情報が」

「どうした？」

尋ねる中新井田を見て、城が答えた。

「殺された水瀬正敏なんですが、十年ほど前まで単身赴任していたことが、判明しました」

「どこだ？」

「北九州。門司《もじ》だそうです」

「何だと」中新井田は矢作たちの顔を見る。「ここ下関の目の前じゃないか！」

「海を渡りますが」久田が言う。「山陽本線で、十分もかかりません」

「そこに、何年いたんだ？」

「平成元年（一九八九）から六年ほどだそうです」

ということは。

中新井田は頭の中で計算する。

報告書によれば、正敏は八年前に妻・良江を亡くした後に早期退職していたはずだから……その二、三年前まで、門司にいたことになる。良江の件があって、門司から京都に戻ったのか。それとも他に何か理由があったのか——。

その時、

「失礼します」部屋に刑事が入って来て、全員に向かって告げた。「新下関大学より、安西教授がお見えになりました」

その言葉と同時に、軽くウェーブのかかった白髪を耳の辺りまで伸ばし、シックな鼈甲縁《べっこうぶち》の眼鏡《めがね》をかけ、ほんの少し背中を丸めた五十代半ばと思われる男性が、警官に案内されて部屋に入ってくる。広い額と角張った顎、そして小さな眼が神経質そうな印象を与える。

その後ろには、まだ二十代と思われる男女二人が、緊張した面持ちで続く。研究室助手だろう。

こちらへ、と久田が椅子《いす》を勧めると、安西は軽く会釈して腰を下ろし、その背後に用意されたパイプ椅子に、二人の助手も並んで座った。

中新井田たちが挨拶する間中、安西はニコリともせずに聞いていた。そして全員が終わると、

「新下関大学の安西憲往です」と低い声で自己紹介した。「後ろに控えているのは、私の研究室助手の富岡忠行《とみおかただゆき》くんと、妻垣瞳《つまがきひとみ》さんです」

安西の言葉に二人は、硬い表情のままペコリと頭を下げた。安西は言う。

「先ほども電話で申しましたが、亡くなった玉置愛子助教授に関しては、むしろ私より彼らの方が詳しく知っていると思い、同行してもらいました」

「お忙しいところ、足をお運びいただき恐縮です」

矢作がそつなく返答して、すぐ本題に入った。

安西は、門司在住の五十五歳、独身。大学では日本史、特に「日本中世史」を教えている。その中でも「源平」に関しては、平家が滅びたこの地が地元ということもあって、最も得意分野としていると安西が言うと、後ろで助手たち二人は何度も首肯し

た。

「それで」矢作が尋ねる。「安西先生は、大学以外でも講演などをされているとか」

「講演会でしたら、しばしば呼ばれています」安西は表情も変えずに答える。「何年か前には、盛岡《もりおか》から函館《はこだて》までまわりました。ちょうど、古代史と蝦夷《えぞ》に関する著作を上梓した時でしたので、地元の研究者の方々に呼ばれまして」

安西は何冊も著作をものしているようだし、地元のテレビやラジオにも度々出演していることは矢作や久田も知っている。

「去年は、京都・亀岡へ？」

「ええ。こちらは、地元の歴史サークルの方々のお声がけで」

「あなたのような高名な方が――こういう言い方も何ですが――趣味で集まっているような小さなサークルに行かれることもおありなんですか？」

「学問ですので」安西は相変わらず、表情を変えない。「そこに優劣はありません。学びたいという方がいらっしゃれば、そしてこちらの時間の都合がつきさえすれば、お相手が専門家だろうが素人だろうが、どなたにでもお話しします。私でよろしいのならば」

「それはまた、ご立派な……」

感嘆したように呟く矢作に代わって、中新井田が尋ねる。

「その亀岡の歴史サークルで、今回の事件の被害者の一人である、水瀬正敏氏にお会いになられたわけですね」

「そのようですな」

「そのよう――とおっしゃるということは、殆ど意識されなかったんでしょうか」

「はい」

「ご記憶にもない？」

いや、と安西は答える。

「確か……自分は源氏の末裔だとおっしゃっていた方でしたか。また、私のことも詳しくご存知のようでした。しかし、私的《わたしてき》には初めてお目にかかったもので」

「私的には、とおっしゃいますと？」

「今も申しましたように、全国各地の講演会に呼ばれますもので、もしかすると水瀬氏とも、以前に、何かの機会にお会いしていたかも知れません」

「水瀬氏は、もう十年以上も前ですが、門司に単身赴任されていたということです」

「ああ、そうでしたか」安西は軽く頷いた。「そうであれば、どこかで私の話を聞いていらっしゃった可能性がありますね。オープンカレッジなどは、毎年のように開かれていますし」

「そのような機会に、ご本人と直接お会いしたことは今までないですか」

ええ、と安西は苦笑した。

「その場でご挨拶でもいただかない限り、先方は私を見知っておられても、こちらはその方の顔も名前も存じ上げないわけですから」

「確かに……」

納得する中新井田の隣で、

「その亀岡の——」矢作は安西に尋ねる。「講演の件なんですが、教授と共にもう一人同行されたと聞いたんですが」

「玉置助教授に同行してもらいました」安西は頭を振って辛そうに答える。「折角なので、その後で京都の史跡などを一緒にまわろうと思いましてね。しかし……それにしても、まだ信じられないのですが、本当なんでしょうか？」

「残念ながら」

「何ということだ。あんな将来性のある女性が、一体どうしてこんな……」

「お気持ちはお察しします」

「ありがとうございます……」

自分の膝においた安西の手が震える。

これは本当に、先ほどまで玉置愛子の死を知らなかったようだ、と矢作は感じた。

おそらく演技などではなさそうだ——。

「ご心痛の所、申し訳ないのですが」と前置きしてから矢作は尋ねる。「その時は、京都まで新幹線で行かれた？」

「もちろんです。ここからですと五百キロ以上ありますから、車では七時間近くかかってしまうのではないでしょうか」

「それはそうですな」

ところで、と今度は安西が尋ねる。

「玉置助教授の件ですが、彼女の死因は事故なのでしょうか。それとも自殺。あるいは――」

「現在、司法解剖の結果待ちなんですが、我々は玉置さんが亡くなられたのも、義正氏殺害現場ではなかったかと考えています」

「赤間神宮前ということですか？」

「はい。しかも、ほぼ同時刻ではなかったかと」

「というと」安西は眼鏡をついっと上げた。「まさか、彼女が何らかの形で事件に関与していた、あるいは義正氏から危害を加えられたとでも？」

「それも含めて捜査中ですので、どちらかは判明しませんが、可能性としては高いですな」

と言って矢作は、久田の調べた関門海峡の潮流データが書かれたメモを取りだして説明した。昨夜、午後八時頃に止んだ潮流は、やがて北東から南西へと流れ出し、零時頃に再び止む。おそらく玉置愛子の遺体は、この潮流に乗って、神宮前から観音崎方面へと流れ着いたのではないか――。

つまり、と安西が言った。

「玉置助教授も義正氏同様、神宮前で何らかの犯罪に巻き込まれてしまった可能性があるというわけですか」

「いや！　というより――」

玉置愛子が、義正を殺害した後、自ら海に身を投げたのではないか――と言いたかったと思われるその言葉を遮って、

「そういうことです」矢作は、先走る久田を制するように答えた。「ですから、我々としてもできる限りの情報が欲しいわけなんです。どんな些細《ささい》なことでも構いませんので、何かお気づきになった点などありませんかかな」

部屋は静まりかえり、安西が後ろを振り返って助手たちにも発言を促《うなが》したが、彼らも首を横に振るばかりだった。

それを見て、

「では」矢作は三人に尋ねる。「決してアリバイ質問というわけではありません。関係者どなたにもお訊きすることなので、気軽にお答えください――。昨夜、みなさん

はどちらに？」

安西は自宅にいたと答える。

「いつものように書斎で一人、読書していました。アリバイという点では非常に弱いですが、仕方ありません」

そう言って苦笑いし、続いて富岡も自宅にいた、家族が一緒だったと答える。しかしこれも、アリバイとなると弱い。最後に瞳は、終電ギリギリまで研究室にいたと答える。最終一本前で新下関から下関に戻ってきた——。

全員、アリバイがあると言えばあるし、ないといえばない。後ほど改めて確認する必要があるだろうと思い、矢作はわざと話題を変えた。

「先ほど教授は、あなた方は玉置愛子に関して詳しいとおっしゃいました。そこで伺いますが、彼女はあなた方から見てどんな女性でしたか？」

瞳は隣の富岡忠行と顔を見合わせ、今度は富岡が口を開いた。瞳より少し年上のようだが、やはりまだ二十代と思われる若い男性だった。

「我々に対して、いつも親切で面倒見の良い方でした。仕事もできる人で、もちろん時々は厳しいことをおっしゃいましたけれど、本質的にはとても優しい方でした」

「ほう……」

「ですから教授も」富岡は、チラリと安西を見る。「玉置助教授は『とても徳のある女性だ』とおっしゃっていましたし」

「徳がある？　どういう意味ですかな」

「そのままです」安西が静かに答えた。「先ほど言ったように、将来性のある人材だった上に、人間的にも、その他、多方面にかけても素晴らしい人物でした」

「玉置さんには、非常に目をおかけになっていらっしゃったんですな」

「死んだ私の妹と同い年でしたしね」安西は、ほんの少しだけ顔を歪めた。「いや、妹などと言ってしまうと玉置助教授に失礼に当たるかも知れないが、実際、奇跡のようだった」

「教授には、妹さんがいらっしゃった？」

ええ、と安西は頷いた。

「成子《しげこ》という子でしたが、もう十年も前に病死しました」

「成子さんですか……」

「亡くなった両親に感謝してもしきれないほど、素晴らしい子でした」

「それはそれは……ご愁傷様でした」

矢作はお悔やみを述べたが――。

〝十年前？〟

中新井田は、ふと引っかかる。

どこかで同じフレーズを耳にした。

何の話だったか……。

中新井田が記憶を掘り起こしていると、

「ではみなさんに、昨日、あるいは一昨日の玉置さんの様子を伺いたい。普段と変わったことがあれば、何でも良いのでおっしゃってください」

と改めて三人に尋ねた。

*

ホテルのラウンジから眺める京都の街は、どんよりと重く、今にも降り出しそうな厚い雲に覆われていた。

「相変わらず、仕方のない男だな」崇はジン・トニックのグラスを傾けながら嘆息した。「こんな日くらい、沙織くんと一緒に過ごせば良い」

「でも」奈々は苦笑する。「沙織が、タタルさんに話を聞くべきだと言ったらしいから、仕方ないいんじゃないですか」

「しかしね——」

「両親も京都にもう一泊するみたいですから、沙織たちに関しては、何も心配ないですよ」

そうか、と崇は不満そうにグラスを傾ける。

「どちらにしても、夕飯は小松崎のおごりだ」

その言葉に笑う奈々に、

「とにかく」と崇は憮然《ぶぜん》と言った。「頼政に関しては、義仲の件も含めて少し収穫があった。だが、もう少しだな。『七十七歳の挙兵』の決定的な理由が見つからない」

「何百年も謎のままだったんですから」奈々も、ジン・トニックのグラスを傾けながら微笑む。「そんなにすぐ分からなくても、仕方ないですよ」

「必ずきちんとした、論理的な理由があるはずだ。でも、誰一人として言及してはいない……。しかし、もう少しで解けそうなんだ。何かが引っかかってる。ただ、それが何なのか――」

崇が眉根を寄せた時、ラウンジの入り口に大きな体格の男が姿を現した。小松崎だ。すぐに奈々たちを認めると、

「おう」と手を挙げると、大股で近寄ってきた。「悪かったな、足留めしちまって」

自分の隣にドカリと腰を下ろす小松崎を見て、崇は呆れたように言う。

「実に騒々しい。新婚早々、おまえは一体何をやってるんだ」

小松崎は「ああ」と答えて生ビールをグラスで注文すると、

「それなんだがな。まず聞いてくれ——」

と口を開いた。

昨日の早朝、京都・亀岡で腹を割かれた男性の惨殺死体が発見された。被害者は水瀬正敏、六十一歳。長年勤めていた会社を早期退職して、息子共々、亀岡に移り住んでいたらしい。

「亀岡といえば」小松崎は、運ばれてきた生ビールのグラスを軽く挙げて言う。「何年か前に行っただろう。何とか大神宮だったか」

「元出雲・出雲大神宮《いずもおおかみのみや》」崇が答える。「まさか、あの神宮で事件が起こったんじゃないだろうな。不敬すぎる」

いや違う、と小松崎は唇に白い泡をつけたまま首を横に振った。

「しかし、こっちも負けず劣らず不敬な状況だ」

「というと？」

「亀岡には、頼政塚ってのがあるらしいんだが、現場はそこだ」

「頼政塚だと！」崇はガタリとテーブルを鳴らした。「源三位頼政の胴体が埋まっているという塚じゃないか」

「しかも、塚の石碑も傷つけられていたらしい」

「それは……まずいな」

そうらしい、と小松崎はグラスを傾ける。

「地元じゃ、その塚に無礼なことをすると祟られる、命を落とすという、まことしやかな伝説があるようだ」

「頼政は、大怨霊だからな」

「そうなのか？」

そうだ、と崇は大きく頷く。

「実は今日、ずっと頼政を追っていた」

「平等院に行ったんじゃねえのか？」

不思議そうな顔をする小松崎に向かって崇は、今日一日の行動を手短に説明した。宇治・平等院から大津までまわり、頼政と義仲の跡を訪ねた——。

小松崎は崇の話を聞きながら、生ビールのグラスを傾けていたが「こっちの話もまだあるんだ」と言って続けた。

「その水瀬正敏の一人息子の義正が、失踪しちまってな。京都府警が必死に捜索して、ようやく見つかった」

「それは良かった」

「良くねえよ」小松崎は真面目な顔で言う。「遺体でだ。殺されてたんだよ」

「殺されて！」

顔色を変える奈々に、

「絞殺だったそうだ」小松崎は続けた。「下関でな。赤間神宮の前の海岸だ。首を絞められた後で、何とか盛の像に紐で括《くく》りつけられ、関門海峡に沈められてたっていうんだ」

「碇潜《いかりかずき》——新中納言・平知盛《とももり》の像にか！」

「そうそう、それだ」と小松崎は頷く。「親父は頼政、息子は知盛。源氏と平家だ。こいつが偶然じゃないとすればタタルの出番だと、沙織ちゃん……いや、沙織に言われた」

「偶然だろう」

と言ってグラスを傾ける崇に、

「そう思ってるのはタタルくらいなもんで、京都府警も山口県警と合同捜査本部を設けて動き始めてる。しかも、最新の情報によれば、もう一人死人が出てるらしい。今度は女性だ」

「平家の呪いだな」

「こんな場面で冗談は止めろ」小松崎は睨むと、グラスを空けてお代わりを頼む。

「とにかく、その女性の遺体が、やはり壇ノ浦——関門海峡から上がったらしい」

「壇ノ浦から、水死体ですか」奈々は顔をしかめた。「それはまた何とも……」

「しかも」小松崎は続けた。「その人間は、頼政塚で『切腹』しちまった水瀬正敏と接点があることが判明した」

と言って小松崎は、安西が水瀬の属していた歴史サークルに講師として呼ばれていたことを話した。

「何か怪しい臭いがプンプンしてるんだよ」

小松崎は、運ばれてきた生ビールを一口飲むと、口についた泡を拭う。

「京都じゃ頼政――源氏。下関じゃ壇ノ浦で平家だ。現地に向かう前に、話を聞きたい」

「現地にって――」奈々は驚いて尋ねる。「これから行くんですか？」

不安げに夕暮れ空に視線を移す奈々を見て、

「おう」と小松崎は答える。「天気も怪しいが観光じゃねえから関係ないし、東京から下関は遠いが、京都からなら二時間ちょいで到着する」

「それでも夜になりますよ」

「泊まれば良いじゃねえか」

「新婚翌日から、いきなり外泊か」

「変な言い方をするんじゃねえよ、タタル。沙織の許可も取ってある」

そういう問題なのか……。

何ともコメントのしようがない奈々の前で、小松崎は続けた。

「余り時間がないんだ。向こうに着いたら、情報を流してくれた知り合いにも会って話を聞かなくちゃならねえしな。だから、ここは手短に頼むぞ」

「そういうことか」

崇は一つ嘆息するとジン・トニックをカラリと空け、真顔で言った。

「じゃあ、俺もつき合おう」

えっ。

キョトンとする奈々の前で、

「はあ？」小松崎は崇を見る。「どこへだよ」

「もちろん下関だ」

「何だと！」

「手短に話せと言われても、三十分やそこらじゃ無理だ。たっぷり一、二時間はかかる。だから、俺も一緒に行く。そうすれば、新幹線の中できちんと話ができるだろうからな」

「し、しかし――」

横目で奈々を見ながら口籠もる小松崎に、崇は急に楽しそうに口を開く。

「実を言うと、以前から行ってみたい神社があってな。なかなかチャンスがなかったんだが、今回は良い機会かも知れない」

「下関に？」

いや、と崇は首を横に振った。

「下関じゃない。海を渡った、福岡県《ふくおかけん》北九州市・門司にある、和布刈《めかり》神社だ」

「めかり……神社？」

「九州最北端、関門海峡に面して建つ神社だ。旧暦正月一日未明にワカメを刈って神前に供えて豊漁と航海の安全を祈り、その撤饌《てっせん》——お下がりを頂いて身を清めて、ワカメ漁解禁の日とするという、千六百年以上の歴史を持つ『和布刈神事』は有名だな。かの松本清張《まつもとせいちょう》も書き残している」

「はあ……」

「神社の主祭神は」ポカンと口を開ける小松崎を無視するように、崇は続けた。「撞《つき》賢木厳之御魂天疎向津媛命《さかきいつのみたまあまさかるむかつひめ》。つまり、瀬織津姫《せおりつ》だ」

え！

午前中に、宇治でお参りしたばかり。祓戸《はらえど》の大神《おおかみ》たちの一柱、橋姫《はしひめ》神社の主祭神ではないか。

「しかも」と崇は楽しそうに続ける。「この神社の神宝は、潮の干満を自在に操ることができる『満珠《まんじゅ》・干珠《かんじゅ》』と呼ばれる宝珠だ。『日本書紀』仲哀《ちゅうあい》紀に書かれている神《じん》功《ぐう》皇后が得た『如意珠《にょいのたま》』のことだ。神社の伝承によれば、この宝珠は、安曇磯良《あずみのいそら》より神功皇后がもらい受けた物とされている」

「安曇磯良！」

奈々は声を上げていた。

その人物に関しては、四年ほど前に信州——安曇野に行った時、詳しく聞いた。安曇氏の祖神であり、別名を「磯武良《いそたけら》」と呼ばれることから「五十猛命《いそたける》」、つまり素戔嗚尊の子に比定されている神ではなかったか……。

「その他にも」崇は言う。「少し離れた場所には、宮本武蔵《みやもとむさし》と佐々木小次郎《ささきこじろう》が決闘した『巌流島《がんりゅうじま》』もあるが、今回は良いだろう。ただ、こちらに関しても、さまざまな話が残っているがね」

「それは、どんな？」

尋ねる奈々に、崇は「ああ」と答える。

「武蔵と小次郎の一対一の決闘ではなく、武蔵は弟子を連れて一足先に島に渡っており、最後には小次郎をなぶり殺しにしてしまったとかね」

「えっ。だって——」

「わざと時間に遅れて上陸した武蔵が、苛々《いらいら》していた小次郎を一撃で斃《たお》した、となっている。しかし『巌流島』という名称を見れば一目瞭然《いちもくりょうぜん》だ。『巌流』は小次郎の流派の名で、佐々木巌流といえば小次郎のことだ。決闘が行われた歴史的な島に、勝利者の武蔵ではなく、小次郎の名前をつけるというのは――」

「怨霊慰撫ですね！」奈々は小声で叫ぶ。「しかも、おそらくは卑怯《ひきよう》な手段によって命を奪われてしまった人間――佐々木小次郎の」

「そういうことだ」

頷く崇を見て、

「そういった話は」小松崎が呆れたように口を開いた。「また今度。それよりタタル、今日中に東京に帰るんじゃなかったのか？　今から下関まで移動したら、間違いなく帰れねえぞ」

大丈夫だ、と崇は笑う。

「薬局には、ひょっとすると一泊延びるかも知れないとあらかじめ言っておいたから、後で連絡を入れておく」

「はあ？」

小松崎は声を上げたが――。

崇はしばしば勝手に休みを延ばしたりする。以前には、ほぼ無断で休んでしまったこともあったから、直前の連絡とはいえ、今回はいくらかましなのか……。

心の中で苦笑する奈々の前で、

「何しろ、熊と沙織くんの結婚式に奈々くんと一緒に参列するんだからな」崇は真顔で言う。「何があってもおかしくはない――いや、何かが起こらない方が不思議なくらいだ」

「……確かに」

と頷くと、小松崎も真剣な顔で奈々を見た。

えっ。

目をパチクリさせる奈々に、崇は言った。

「そういうわけで、突然で悪いが、一足先に東京へ戻ってくれないか。俺は、これから熊と一緒に下関まで行ってくる」

しかし、と小松崎が顔をしかめた。

「奈々ちゃんを一人で帰すってのも、ちょっと可哀想だな――」

大きな体を丸めて申し訳なさそうな顔をする小松崎を見て、

「あの……」奈々は、おずおずと言った。「お邪魔でなければ、私も下関までご一緒しても良いでしょうか」

「はあ？」

「壇ノ浦の話もお聞きしたいし、その何とか神社にも行ってみたいし――」

おいおい！　と小松崎は奈々を見る。

「薬局は平気なのかよ。店長の外嶋《そとじま》さんは、相変わらずうるさいんじゃねえのか？」

「実は……」奈々は、崇と小松崎を上目遣いで眺めながら微笑んだ。「今回の京都行きの話を外嶋さんに伝えたら、もう一日ゆっくりして構わないよとおっしゃってくださって、明日も休みをいただいているんです。でも、何もなければ出勤しようと思っていたんですけれど……」

つまり、と小松崎は笑った。

「タタルも奈々ちゃんも、そして周りの人間たちも、最初からこの事態を想定してたってわけか」

「い、いいえ！　決してそんなことは――」

分かった、と小松崎はパンと膝を叩いて笑った。

「じゃあ、三人揃って下関に出発しよう。俺はビジネスホテルを取ってある。幸い今日は平日だから、今からでも部屋を追加できるだろう。すぐに問い合わせてみる」

「夕食は？」

崇の問いに小松崎が答える。

「新幹線のコンコースで、バラ寿司でも買って車内で食おう。俺がおごる」

「飲み物は？」

「仕事だからな」小松崎は伝票をつかむと立ち上がった。「ビールのロング缶一本で我慢してくれ」

奈々たちは、博多《はかた》行きの新幹線に乗り込むと、すぐに向かい合わせのボックス席を作って座った。小松崎の泊まる予定のビジネスホテルに空きがあったので、奈々と崇の分も追加で予約してもらい、これで一安心。目的地までゆっくりと話ができる。京都から小倉《こくら》までは、約二時間半。小倉で鹿児島本線に乗り換えて、終点の下関まで十五分ほど。今出発すれば、午後八時前には到着できる。

約束通り小松崎が三人分のバラ寿司とビールを買い込み、新幹線が京都駅を出発すると、各々膝の上に広げて箸をつけた。

「さて」小松崎は音を立てて缶ビールを開けると、崇を促す。「こいつを食いながら、壇ノ浦の話を聞かせてくれ」

ああ、と崇もビールで喉を潤すと、

「さっき、頼政と義仲の話をしたから、その続きから行こう」

と前置きして口を開いた。

「義仲によって都を追い落とされた平家は九州にまで逃げたが、徐々に勢力を取り戻し、清盛が遷都を試みた福原《ふくはら》——兵庫県・神戸《こうべ》市の辺りまでやってきた。その頃には、義仲は、鎌倉から遠征してきた範頼《のりより》・義経の軍勢に敗れ、戦死してしまっている」

先ほど聞いた部分だ。

後白河法皇と頼朝の策略によって義仲は追い詰められたが、自分一人逃げることを潔しとせず、敵が押し寄せる瀬田の唐橋へ向かい、巴御前を木曾へ落とすと、乳母子の兼平《かねひら》たちと共に、粟津で命を落とした。しかしこの行動が、当時の武士たちのみならず、後年、松尾芭蕉や芥川龍之介らの心まで揺り動かした——。

「そして、寿永《じゅえい》三年（一一八四）二月七日」崇は続ける。「一の谷の決戦の幕が切って落とされる。この戦いに関しても定説とは異なる事実がたくさんあるんだが、長くなってしまうから、今は省略しよう——。この戦いで平家は、後白河法皇の謀略と源氏の奇襲によって、あっという間に敗れ、再び西へと落ちた。その約一年後の元暦二年（一一八五）一説では、二月十九日。今度は屋島《やしま》——香川《かがわ》県・高松《たかまつ》市の辺りでの戦いが始まった。しかし、義経の奇襲戦法によって、またもや総崩れとなった平家は更に西を目指して落ちて行き、現在の山口県・下関市——壇ノ浦へと向かう。そこで態勢を立て直すことにしたんだ。そしてついに、同年三月。赤間関・壇ノ浦海上で、源平軍は対峙する」

ビールと一緒に、ごくりと息を呑む奈々の隣で崇は続ける。

「同年三月二十四日。長門《ながと》の南西に位置する彦島《ひこしま》の本陣を出発した千艘もの平氏の船は、三手に分かれた。対する源氏は、武蔵坊弁慶の父親ともいわれる熊野別当湛増《くまのべっとうたんぞう》率いる熊野水軍を加えた五百余艘《よそう》。それを壇ノ浦の北東、干珠島《かんじゅ》・満珠島《まんじゅ》近くに集結させた。この島は、神功皇后が得た、干珠・満珠の神宝から生まれたという伝説を持つ島だが、二つの島のどちらが干珠島なのか満珠島なのかは、分からないと聞く。本当は今回行ってみたいんだが、あいにくと立ち入り禁止になっているらしい。しかし、できれば可能な限り――」

「続きを頼むぞ」小松崎がバラ寿司を頬張りながら促した。「食いながらで構わねえから」

ああ、と答えて崇も寿司を少しだけ口に入れると続けた。

「その時の両軍の距離は、三十余町――約三キロメートル。ただ、水軍力に関しては圧倒的に平氏の方が勝《まさ》っていた。舟の数も質も、実戦経験もね。だから源氏の水軍を目にした悪七兵衛景清《あくしちびょうえかげきよ》などは、その軍容を見て、

『坂東武者は、馬の上でこそ大きな口を叩くが、船戦《ふないくさ》では、魚が木に登ったようなものだ』

と馬鹿にして嗤《わら》った。事実『吾妻鏡《あずまかがみ》』などには、熊野の湛増たちの加勢があって、ようやく平家方と五分《ごぶ》の戦いが可能になったと記されている。そもそも義経たちは、ごく普通の戦舟《いくさぶね》だ。しかし、一方の平氏は二階建ての唐船を始めとして、百人乗りの

立派な船まで幾艘も並べていた。だから、今の景清の言葉も単なる強がりではなく、本気で勝利を確信していたと考えられる」

その話が本当なら、確かにその通りだ。

これで平家が勝利できないはずはない。

奈々が知っている話では、まるで源氏——義経は最初から何もかも計算済みだったように書かれている物が多いけれど、この時の本心はどうだったんだろうか？　得意の奇襲戦法を執れなかったわけだから、現実的には、かなり追い詰められていたのではないか……。

「ついに最後の戦いの火蓋が切られた」崇は続けた。「『玉葉』によれば『午《うま》の刻』つまり正午頃に戦闘が始まったという。予想通り平家は、膨大な数の強弓《つよゆみ》で源氏の兵を次々に射倒して進む。一方、源氏はひたすら押され、義経を乗せた大将舟も耐えきれず退却した。それを目にした平家は、鬨《とき》の声を上げながら怒濤のように攻めかかった。勝利を確信したんだな」

「しかし、そこで」と小松崎が言う。「文字通り、潮目が変わったんだろう。関門海峡の潮流が変わった。その話は聞いたことがあるぞ。最初は平家に有利だった潮の流れが、時間が経って、源氏に有利な方向に変化したってな」

「俺も、その話は読んだことがあるが」崇は笑った。「だが、その説には何の科学的根拠もなく、現実的にはさほど影響がなかったろうという意見も多くある。物語としては面白いが、現実に即していないというところかな」

えっ、と奈々は驚く。

その話は知っていたが、それが単なる「物語」だった？

どういうこと？

小首を傾げる奈々の隣で崇は言う。

「検証してみると、その日の関門海峡の潮流は緩やかだった上に、源氏と平家がぶつかった海域は、殆ど潮流のない場所だったという。一説では東流れ、つまり平家から源氏への流れは最大でも一・四ノット——時速で約二・五キロ。西流は〇・九ノット——時速で約一・六キロだったのではないかという研究結果もあるくらいだ」

「そうなんですか！」

「第一」と崇は奈々を見た。「そもそも潮流があったとしても、同じ潮流上に乗っている源平両船の対水速度は、物理的に変わりないはずだしね」

そう言われれば……その通りなのかも知れない。

追い風や向かい風の中で矢を放ち合うわけではないのだ。多少の影響はあったかも知れないが、地上での戦いとは違う。

それに——ここが一番肝心なところだと思うけれど——その辺りの潮流に関して

は、おそらく平家の方が圧倒的に詳しかったはずではないのか。

もちろん源氏も知ってはいただろうが、平家は比較にならないほど、関門海峡の潮流を体感してきているはず。当然、潮流の変化も十分承知の上で迎え討っただろう。

でも、そうすると――。

「じゃあ、何故平家は突然、不利な状況に？」

「そのタイミングだったかどうかは知らねえが」と小松崎は、食べ終わった寿司の入れ物を片づけながら言った。「負けそうになった義経が、卑怯な手を使ったから逆転したと何かで読んだぞ」

「卑怯な手、ですか？」

尋ねる奈々に、

「ああ」と小松崎は頷く。「義経が『水夫《かこ》、楫取《かんどり》を射よ！』と命じたというんだよ」

「かこ？　かんどり？」

「水夫《すいふ》――操舵士《そうだし》と、舵取《かじと》りだ」

キョトンとする奈々に、崇が説明した。

「それまでの戦いの歴史では、標的にしてはならないという暗黙の了解のもとに戦闘に参加させていた水夫・楫取――つまり一般人の非戦闘員――を射ろ、と全軍に命じたというんだ」

えっ、と奈々は声を上げた。

「酷いじゃないですか！」

「その結果として、平家の舟は全く動きが取れなくなってしまった。同時に、背後の陸地からは範頼の軍勢が一斉に矢を射たために、海と陸との双方からの攻撃で、平家の船団はあっという間に壊滅し源氏に惨敗したというんだ。だから、この義経の作戦に関しては、

『山人《やまびと》ゆかりの勢力を率いて平家方と戦った義経は、戦法においても水軍出では取り得ない奇策を放つ。つまり、平家方の水夫・楫取を射殺すのである。これは水軍仲間であれば決して犯してはならない禁じ手である』

『「勝敗は天にあずけよ、名こそ惜しめ、命を捨てよ」といわれた時代であった。陸上戦で武士は決して馬を射たりしないのと同様、水上戦で水夫を狙うなどという、卑劣な行為は当然、許されるものではなかった』

というような意見も、実際に見られる」

「じゃあ、やっぱり義経は、卑怯な手段で勝ったってことなんだな」小松崎はビールを一口飲んで頷く。「それで、大勢の平家の武将が海の藻屑《もくず》と消えちまった」

「残念ながら」隣で崇が首を横に振った。「これらの意見は、大きく本質を外してしまっている」

「何だと？」

身を乗り出す小松崎に、崇は静かに口を開いた。

「まず、源氏は悪七兵衛景清が悪態をついたように、船戦に慣れていなかった。故に、舟上での弓矢の扱いにも手間取った。だから、たとえ『射よ！』と命じられたところで、水夫や楫取だけを上手く狙えるはずもない」

「それは……そうかも知れねえな」

腕を組んで唸る小松崎に、崇は続ける。

「また、その頃の戦舟の図を見てみると、ごく普通の輸送舟の両弦に『セガイ』という、吹きさらしの乗り場を拵《こしら》えただけの場所に数人の水夫が座って、舟を操っていた。つまり彼らは、最初から殆ど無防備の状態で戦舟を漕《こ》ぐことになる。もちろん、源氏も同様だ。屋島の戦いでは、平家が源氏のこの水夫や楫取を、正確に狙ってきたという話もある」

「なんだと！」

「だから壇ノ浦では、源氏がその戦法を真似たとも考えられる。全てがお互い様だ。それに、実は義経が『水夫を射よ』と命じたという確固たる証拠はないんだ」

「はあ？」

「この伝説は、ごく一部の学者たちから広まっていった。だから『吾妻鏡』や『義経

『記』や『源平盛衰記』には記されていない。唯一見られるのは『平家物語』巻十一の『先帝身投』の、戦乱の中での出来事としてだが、もちろん義経が命じたとは一言も書かれていないし、それが平氏の敗因に繋がったとも書かれていない」

「どういうことだよ……」

呆れたように嘆息する小松崎に代わって、奈々が尋ねる。

「じゃあ、どうして圧倒的に優位に立っていた平家が負けてしまったんですか？　潮流は関係ない。義経はそんな卑怯な命令を下していない――」

それは、と崇は答える。

「熊野水軍の実力、そして平家の武将の裏切りだ」

「裏切り？」

「平家側についていた、阿波民部重能《あわのみんぶしげよし》の水軍が、源氏側に寝返ったんだ。しかもそれだけではなく重能は、義経たちが苦戦している二階建ての唐船は、ただの囮《おとり》の船で、三種の神器と安徳天皇は乗っていない。天皇たちは普通の戦舟に乗っている、という極秘事項までも喋ってしまった」

「えっ。どうしてそんな――」

「彼の息子が、義経たちの捕虜になっていたからだ。重能は、息子可愛さのために、平家を裏切ったんだ。ここで、戦法を変更した源氏が一気に優勢に立ち、また重能の裏切りの話を伝え聞かされた武将たちの戦線離脱が始まり、その結果として平家惨敗となってしまった」

「じゃあ！　どうして平家の敗因が、そんな潮流や、義経の執った戦法だといわれるようになったんですか？」

「負け惜しみか？」

小松崎の言葉に、

「いいや」と崇は首を横に振る。「供養だろう」

「供養？」

「そんな計算外の自然現象や、卑怯な作戦を執られなければ、海戦を得意としている平家が、素人集団の源氏などに敗れるはずはなかった、というわけだ。正々堂々と戦っていれば、間違いなくあなた方――平家の勝利でした、と」

そういうことか……。

当時の人たちは、誰もが平家を「供養」するための「嘘」だと知っていた。しかし、それを訂正しないうちに時が過ぎ「史実」になった……。

そして、と崇は続ける。

「源氏が圧倒的優勢のまま戦も終盤に入ると、平家一の猛将・能登守教経《のとのかみのりつね》と義経との対決――といっても、義経が舟から舟へ飛び移って逃げた――が行われた」

「そういえば、義経八艘飛びだな」

「実際は、一、二艘だったらしい」

「え……」

「舟から舟の距離は『二丈ばかり』——約六メートルもあったというんだから、そう簡単には飛び移れない。後世の作り話だ。面白おかしい講談話だよ」

「こいつも、ただの物語かよ」

そうだろうな、と崇は言う。

「教経は、義経が他の舟に飛び移った時点で戦うのを諦めた。なのに義経が、六艘も七艘も飛び移る理由はない」

そう言われれば……確かにそうだ。

教経は、逃げる義経を呆然と見送っているのだから、義経にしても危険を冒してまで舟から舟へ飛び移るメリットはない。せいぜい一、二艘で充分だ。

「そこで教経は」崇は続ける。「義経を追うのを諦め、兜を捨てた自分に向かってきた源氏の武将二人を、両脇に抱え込んで締めつけると、

『おのれら、死出《しで》の旅路の供をせよ！』

と叫んで海へ飛び込み、命を絶った」

壮絶な最期だ。

身震いする奈々の隣で、崇は更に言う。

「一方、それら全てを見守っていた大将の知盛《とももり》は、『見るべきほどの事は見つ。今は、自害せん』

見届けるべきことは全て見届けたと言って、乳母子の家長《いえなが》と共に鎧を二領ずつ着け、二人で手を取り合って海中へ沈んで行った。これが後世、能では『碇潜《いかりかずき》』、文楽や歌舞伎では『碇知盛』——体に碇を結びつけて海に飛び込むという作品になった」

その歌舞伎は、奈々も観た。

『義経千本桜《せんぼんざくら》』「大物浦《だいもつのうら》」だ。確かに最後の場面では、義経たちとの戦に敗れて血まみれになった知盛が、大きな碇を担ぎ上げて海に飛び込む。実に恐ろしくも勇壮な場面だったが、設定は異なるとしても、実際にあった出来事だったわけだ——。

「それを見た残りの武将たちも、大将・知盛に続いて次々に壇ノ浦に飛び込み『渚《なぎさ》に打ち寄せる白浪《しらなみ》も薄紅《うすくれない》に』なってしまうほど悲惨な戦いは、源氏の大勝利で幕を閉じた」

白浪も薄紅に！

海上も海中も、きっと源平の武将や平家の女官たちの遺体がゆらゆらとゆらめいていたのだろう。

その情景を想像して、奈々はゾッと鳥肌が立つ。

しかし——。

今の歌舞伎にも登場した、安徳天皇は？

確か、壇ノ浦に入水して亡くなったのではなかったか。

それを尋ねると、

「もちろん、そうだ」崇は静かに頷いた。「その姿を見て、教経や知盛も、全てが終わったと覚悟を決めたんだろうな。じゃあ『平家物語』の圧巻『先帝身投』の話をしよう」

「はい……」

新幹線は、時刻通りに広島を出発した。あと一時間足らずで、小倉に到着する。

ワゴンサービスがやってくると、小松崎は到着後に仕事があるということで、さすがにビールは止めてお茶を購入したが、崇は「折角だから」と言って、小瓶《こびん》の地酒を一本注文する。

窓を見れば、いつの間にか外は激しい雨になっていた。暗い景色をバックに、雨粒がいくつも窓の外を横に流れて行く。

そんな不穏な空気の中、地酒を一口飲むと、

「安徳天皇は」崇は口を開いた。「治承二年（一一七八）、第八十代・高倉天皇と、清盛の娘で中宮になっていた建礼門院徳子《けんれいもんいんとくこ》との間に生まれた天皇だ。諱《いみな》は『言仁《ときひと》』。生

後まもなく立太子し、治承四年（一一八〇）高倉天皇が二十歳で退位すると、数え三歳——満年齢わずか一歳五ヵ月足らずにして即位された」

「一歳半！　どうしてそんな——」

「当然そこには、清盛の意志が働いていた。自分の孫を天皇に据えて外祖父の地位に収まり、平家の一層の安泰を計る、という」

「そういうことですか……」

奈々は軽く嘆息する。

しかし、その結果として。

高倉天皇と同じく後白河法皇皇子だった以仁王は、この即位に憤慨《ふんがい》し、全国の源氏に向けて平家討伐の令旨を発する。その令旨はといえば——清盛たち平家は国家を滅ぼす凶徒であり、天皇に違逆し、仏法を破滅に追い込み、古代の伝統を絶とうとしている。それらを見て誰もが憂う中、王位を簒奪《さんだつ》しようとしている清盛たち平家を追討するよう命ずる——という、とても過激な内容だったらしい。

それに応えて頼政が立ち上がり、伊豆では頼朝が旗挙げし、木曾では義仲が挙兵し、平家が滅亡へと突き進んで行くことになってしまったのだ——。

複雑な思いで頷く奈々の隣で、崇は続ける。

「孝徳《こうとく》天皇や崇徳《すとく》天皇を始めとして、諡号《しごう》に『徳』という文字を持つ天皇は、不幸な形で崩御されているために怨霊となることを恐れられたといわれている。もちろん安徳天皇も、その一人だ。三歳で天皇になられ、六歳で西国へと都落ちされ、そして八歳で壇ノ浦へと向かわれた」

「わずか八歳だったんですね……」

「数えでね。満年齢でいえば、六歳だ」

「えっ」

今年の四月から小学生——というレベルの話ではないか。文字通り、幼い子供だ。

「壇ノ浦では」窓を打つ雨音をバックに、崇は言う。「大将の知盛が、平家にとって非常に不利だという情勢を報《しら》せに、安徳天皇たちのもとへとやってきた。しかし、故・清盛の妻であり、天皇の祖母でもある二位尼・時子は、すでに覚悟を決めていた。喪の衣を纏い、三種の神器のうち、八尺瓊勾玉《やさかにのまがたま》を脇に抱えて草薙剣を腰に挿すと、幼い安徳天皇を抱きかかえた。そして、知盛を振り返ると、

『私は、敵の手にかかりません』

と言い放って船端へと進み出る。すると、目を見張る女官たちの前で安徳天皇が、不思議そうな顔で尋ねた。

『尼ぜ、我をばいづちへ具《ぐ》してゆかむとするぞ』

——尼よ、自分をどこへ連れて行こうとするのか？　と。

その問いに時子は涙を抑えながらも、天皇と共に西方に向かって念仏を唱えると、

『浪の下にも都のさぶらふぞ』

――この海の下にも都がございます。

そう告げると二人揃って、あるいは按察局《あぜちのつぼね》と共に、海中へと身を躍らせた」

奈々は、またしても背すじが寒くなって眉をひそめてしまったが、崇は続けた。

「天皇と時子の入水を目にした多くの女官たちも、次々に後に続く。近くの海上は、色とりどりの唐衣《からぎぬ》や袿《うちぎ》で覆い尽くされ、やがてそれらも海中に吸い込まれると、海面には、きらびやかな装飾が施された衵 扇《あこめおうぎ》や、美しい鳥の子――畳紙《たとうがみ》だけが、波にゆらめいていたという」

「なんという……」

「ここに幼い天皇は、時子たちと共に、短い生涯を終えられた。後に『安徳』と追号され、かの地では天皇の菩提《ぼだい》を弔うべく『阿弥陀寺陵《あみだじのみささぎ》』が造営された。続いて建久《けんきゆう》二年（一一九一）、後鳥羽《ごとば》天皇の勅によって陵の上に廟堂《びようどう》が建立され、その奥には阿弥陀寺が創建され、人々が安徳天皇の冥福《めいふく》を祈った。更に翌年には、御影《みえい》堂も建立されている」

「阿弥陀寺陵……ですか」

「赤間神宮入り口に建てられている水天門の隣に、ひっそりと祀られているよ。その

陵の円墳の裾は、八角形に石囲いされているそうだ。密教的な怨霊封じだな」

当然と言えば当然だけれど——。

やはり、安徳天皇の怨霊は、誰からも恐れられたということか。というより、天皇に対する憐憫《れんびん》の情が余りに深かったのかも知れない。とにかく成仏——浄霊されてくださいという思い。その気持ちが、ひしひしと伝わってくる。

一方、崇はコップに注いだ地酒を空けて、

「だが」と奈々たちを見る。「これら一連の話には、非常におかしい——論理的ではない部分があるんだ。どう考えても、ありえないような」

「えっ」と奈々は崇を見た。「どこがですか！」

「どこだと思う？」

「……安徳天皇は数えで八歳なのに、満だと六歳四ヵ月……？」

「それは問題ない」崇は笑った。「元暦元年（一一八四）十一月に『満で六歳』『数えで七歳』。年が明けて『数えで八歳』。その二ヵ月後に『満六歳四ヵ月』で亡くなっているから、年齢は合っている」

「じゃあ、どういうことだ？」小松崎が顔を歪めた。「どこがおかしいって言うんだ」

しかし、と崇は時計に目を落とした。

「そろそろ小倉に到着する。この続きは、次の機会にしよう」

「続きがあるんだな」

「とても重要な続きがね。というより、壇ノ浦に関しては、まだ半分くらいしか話していない」

「半分だと！」

「といっても、非常に大雑把だったが関連する出来事は追えたと思う。ただ、真実・真相に突っ込んでいないだけでね。実は、俺もまだ知りたいことがあるんだ。頼政や義仲に関しても」

「それが、壇ノ浦と関係あるのか？」

「関係ないはずはない。当然、全てが繋がっているはずだ。いや、これは俺の直感にすぎないがね」

「なるほどな」

頷く小松崎の前で、

「俺も」と崇は呟いた。「赤間神宮に寄ってみるかな、折角ここまでやってきたんだから」

おう！　と小松崎が声を上げた。

「ついに、事件に首を突っ込むのか」

「事件？」崇は首を捻った。「ああ。熊は事件を追ってきたんだったたっけな。すっかり忘れていた」

「なんだとお」

と言ってから小松崎は、

「まあ、いい」シートに背中をもたせかけて苦笑いした。「タタルに関して、そっちはハナから期待してねえよ。しかし……」

小松崎は急に真面目な顔に戻ると、嘆息した。

「今聞いたような、そんな悲惨な歴史を持つ場所で殺人事件ってのは……犯人は一体何を考えてやがるんだか」

確かに。

奈々も同意する。

関門海峡で採れる蟹《かに》の甲羅にまで平家の亡霊の顔が浮かぶといわれるほど無数の怨霊が生まれたのではなかったか。

そんな場所で殺人。

しかも、遺体を壇ノ浦の海中へ？

どうして……。

暗い空と窓を叩きながら流れる雨を見て、奈々はぶるっと一つ身震いした。

《水天宮《すいてんぐう》の霊地》

夏潮の今退く平家亡《ほろ》ぶ時も　　高浜虚子

小倉で新幹線を降りて鹿児島本線に乗り換えると、関門トンネルをくぐって十五分ほどで下関に到着する。奈々たちは、ホッと一息ついて電車に揺られていたが、関門トンネル近くで、突然車両の照明が一斉に消えた。

〝事故！〟

それとも、さっき遠雷が聞こえたから落雷か？

ドキンと鼓動が跳ねた奈々は、思わず崇の腕を握ってしまったが……周囲の乗客は誰一人驚いた様子もなく、雑談したり、うたた寝をしたりしていた。

やがてすぐに照明が点ったが、それに関する説明もないまま、電車は走り続ける。

「今、照明が消えましたよね！　何が起こったんですか」

奈々が尋ねると、

「ああ」崇があっさりと答えた。「直流と交流だよ」

「え？」

不思議そうな顔の奈々に、崇は説明する。

山陽本線は、本州と九州では直流電源から、九州では交流電源から電力が供給されている。故に、本州と九州の間の切り替え点を通過する際、一時的に車内の照明が消えるのだそうだ。直流と交流を直接繋ぐことはできないから、どうしても間隔（電力の隙間）が作られてしまい、その間だけ電力の供給が止まる——。

「そういうことだったんですか……」

だから、乗客の誰もが平然としていたのだ。この剣呑《けんのん》な天候にびくびくしていた奈々だけが、驚いてしまった。

その説明を聞いてホッとして、奈々は明るい車内から、雨に煙る暗い景色を眺めた。のどかな車内の雰囲気とは対照的に、外は不穏な気配に満たされている……。

やがて電車は、下関駅に到着した。

手荷物を抱えて改札を出ると、小柄《こがら》で人の良さそうな男性が一人、三人の到着を待っていた。小松崎の仕事の後輩で、栗原巌《くりはらいわお》という男だと紹介される。

小松崎は栗原にお礼を言うと、

「さて、と」辺りを見回した。「どこかで話をしたいが、お茶を飲んでいる時間もない。かといって、この雨じゃ歩きながらってわけにもいかねえな」

そこで、まずホテルにチェックインすることにした。そのままロビーで話をすれば良いだろうということで、全員でホテルに向かう。

それぞれチェックインして荷物を部屋に置いて身軽になると、ロビーのソファに集まった。そこで、改めて自己紹介する。

栗原は、地元のローカル新聞社に勤めていたが、現在は小松崎と同じく、フリーのジャーナリストだという。奈々たちの自己紹介が終わると栗原は、

「小松崎さんの奥さんのお姉さんスか！」驚いて奈々を見つめた。「その方が、どうしてまたこんな所に？」

そこで小松崎が簡単に経緯を説明して、

「そんな話はいいから」栗原に向かって尋ねた。「県警の方はどうだった。取材に入れそうか？」

「いや、実は……」栗原は困ったように顔を歪めた。「状況が変わりまして……ちょっと厳しそうなんス」

「何だ？　話が違うじゃねえか」

いえ、と栗原は頭を掻く。

「まさか、矢作警部が担当するとは思わなかったもので……」

「誰だそいつは？」

栗原は、とても頑迷で融通の利かない警部だと説明した。性格もきつい上に、いつも不機嫌そうな顔をしているので話しづらい刑事——。

「いつものように、顔見知りの警部補が担当するとばかり思っていたもので、多分大丈夫ですと言ってしまったんス。すみません」

「じゃあ、その警部補を通したらどうだ？」

「どちらにしても、矢作警部に弾かれるでしょう」

「遠路《えんろ》遥々《はるばる》ここまで来たってのに、このままじゃ帰れねえよ」

「でも、今言ったような状況で……。非常に申し訳ないス」

「いや、ダメだ。何とかしてくれ」

「そう言われましても……」

栗原は頭を抱え、その姿に同情した奈々は、助言を求めて崇を見たが——この男は、さっきから一心に下関の地図に目を落としていた。

「タタルさん……」

奈々が突くと、

「ん？」崇は地図から視線を上げた。「話は終わったのか」

「そうじゃなくて！」

小松崎たちの会話を、全く聞いていなかったらしい。そこで奈々が、今の話を伝えると、

「おい！」

「それは残念だったな」あっさりと答えた。「じゃあ、そちらはまたの機会に」

膝をパンと叩いて睨みつける小松崎に、

「申し訳ありませんでした」栗原は直角に頭を下げて謝った。「今回は、無理ス」

「そこを何とかならねえのか」

「しかも、京都府警捜査一課から、警部補と巡査部長が来てるらしいので――」

「京都府警だと？」

はい、栗原は困ったように頷いた。

「何とかという……長い名前の……ええと、中新井田といったか」

「なかにいだ？」

「はい」

「……どこかで聞いた名前だな」小松崎は、太い腕を組む。「いつだったか……」

するとと、再び地図に視線を落としていた崇が、顔も上げずに答えた。

「十二年前と五年前に会っているはずだ」

「えっ」

「貴船と月読《つきよみ》神社での事件だ」

あっ、と奈々も心の中で叫ぶ。

そうだ。

まさにさっき思い出していた、貴子たちと一緒に巻き込まれた事件だ。確かその時は、まだ巡査か巡査長だったのではなかったか。そして、五年前の嵐山では、奈々も命を落としかけた。その時の事件の刑事さん——。

ああ……と小松崎は唸って天井を見上げると、大きく頷いた。

「おい！」

小松崎は目を輝かせて栗原に詰め寄る。

「今すぐ県警に連絡を入れろ。俺たちは、その京都府警警部補と知り合いだ」

「え……」栗原はキョトンと小松崎を、そして奈々を見る。「本当スか？」

「嘘も本当もねえよ。凄く深い知り合いだ。なあ、奈々ちゃん」

奈々は「え、ええ」と答える。

「でも……先方はもう覚えていらっしゃらないんじゃ——」

「いいや、そんなことはない！」小松崎は大きく首を横に振る。「あんな大変な事件だったんだ。忘れてるはずはない。あの時は、このタタルが事件解決に大きく貢献したんだからな」

「そうなんスか！」

「そうだ」小松崎は笑う。「なかにいいだの上司だった、何とかっていう警部からも感謝された。府警から感謝状をもらってるはずだ」

「それは凄いス」

「だから、安心して連絡を取ってくれ。下関に桑原崇が来ていて、どうしてもお目にかかりたいと言ってるってな」

「よ、よろしいんスか？」

恐る恐る尋ねる栗原に崇が、

「……何が？」

と顔を上げたが、

「いいから急げ」小松崎が怒鳴《どな》った。「時間がねえんだ」

「はっ、はい！」

栗原は急いで携帯を取り出すと、またしても地図に気を取られている崇をチラチラと横目で見ながら、下関署に連絡を入れた。

「ああ、きみか。良く覚えているよ」中新井田は崇を見て微笑んだ。「二度ともかなり特殊な事件だったからな。協力を、未だに感謝している」

その言葉に、奈々はホッと胸を撫で下ろす。

*

栗原からの連絡を受けた中新井田が、崇たちが到着するまでの間で、矢作たちに貴船の事件や嵐山の事件について説明してくれたらしい。そのおかげで、奈々たち四人はこの部屋に入る許可を得られたようだった。

中新井田と崇や小松崎は、ごく簡単にお互いの近況を伝える。中新井田は懐しそうに話し、小松崎からの話も「うん、うん」と聞いた。

だが、もう一方の矢作は、最初からずっと眉根に皺《しわ》を寄せて崇たちをジロジロと見ていた。捜査の足を引っ張らないという大前提で認めはしたらしかったが、見るからに迷惑そうだ。

それは仕方ない。むしろ、良く部屋に入れてくれたものだと思う。それだけ中新井田は、崇を信頼しているのだろうと、奈々は恐縮した。

一方の安西教授は、神経質そうな視線を奈々たちに投げかけてくる。その上、お互いの短い紹介の間中、崇は退屈そうにボサボサの髪に指を突っ込んで更にボサボサにしていたので、おそらく最悪に近いほど印象が悪かったろう。

安西が「源平合戦」の権威とも呼ばれている教授と聞いて、奈々は胸がドキドキし始めた。

先ほどまで崇が話していたようなことを口にしたら、何と言われるだろう。今まで何度も経験してきたように——それこそ貴船の事件の時のように——口論になりはしないか。

居心地悪くキョロキョロと辺りを見回していると、警官が椅子を用意してくれ、四人は部屋の隅に腰を下ろした。

奈々は、その隅の隅に位置取ったので少しだけ落ち着く。

「それで」中新井田が崇を見た。「きみは、今回の事件に関して何か思うところがあるそうだが？」

その問いかけに、無反応のまま見つめ返した崇の隣から、

「いえ。それなんですがね」小松崎が急いで口を挟んだ。「その話はもう少し後回しにしていただいて、そちらのお話を進めてください。教授さんたちもお忙しいでしょうから。俺たちは、その後で」

「……そうか」中新井田は頷くと、矢作を見た。「お話が途中になってしまって申し

訳ありませんでした、警部。先ほどの続きを」

うむ、と矢作は頷いて口を開く。

玉置愛子の件だった。

時間的に考えても、赤間神宮での水瀬義正殺害事件と、何らかの関連性があると考えた方が自然だ。

しかし、安西教授からも「徳がある」と公言され、助手たちからとても慕われていた女性だというのだから、犯罪に関わっているとは考え難いのだが――。

「遅かれ早かれ、彼女の死因が判明します」矢作は言った。「今のところ、外部から危害を加えられたような形跡はみられないとのことですが、まだ確定したわけではありませんので、改めてまたご連絡するということで、よろしくお願いします」

「承知しました」安西は言った。「では、そちらの方々もお見えになっていることですし、我々はもうそろそろ」

「ああ、そうですな」矢作は時計を見る。「本日は、わざわざご足労いただき、ありがとうございました――。では、最後に一点だけ再確認なんですが、教授は、京都・頼政塚で亡くなった水瀬正敏氏と、その息子さんの義正氏のお二人と、全くご面識がなかったということでよろしいでしょうか」

「正敏氏に関しては、全く面識がないとは言えません。しかし、程度問題でしょう。

面識という言葉の定義の。だが、どちらにしてもそれほどの知り合いではない」

「参考までにですが、亀岡に行かれた際に、現場となった頼政塚へは？」

いや、と安西は眼鏡を上げると首を横に振った。

「当日は玉置助教授ともそんな話が出たんですが、私個人としては頼政に対して余り好意を抱いておりません。彼は、何度も信念が揺らいでいる男ですからね。信用できない。改めて研究する価値のある武将とも思えなかったので」

「それは分かりますな」矢作が珍しく笑った。「私も平家の血を引いているせいか、どうも彼は好きになれません。いや、これはあくまでも個人的見解ですが」

「そういう方が多いですよ」安西も苦笑いしながら腰を浮かせた。「ですので、平家に同情し、祀るというのは自然な感情です。では、失礼します」

安西に続いて、後方にいた助手たちも立ち上がった時、
えっ。

「それは、酷い誤解ですね」

崇が唐突に口を開いた。

「全く逆だ」

奈々は息を呑む。

小松崎たちも同様だったようで、

「お、おい……タタル……」

小声でたしなめたが、

「逆？」

安西が反応した。

すると崇が——黙っていれば良いものを——「はい」と、はっきり答えた。

「思い違いです」

「きみ」自己紹介を全く聞いていなかったらしい安西が、醒《さ》めた目で崇をじろりと見る。「名前は何といったか——」

「桑原崇です」

「桑原くんは、何が『酷い誤解』で『全く逆』だと言いたいのかね。我々が、平家に心を寄せて祀ることが？」

「それは間違っていません」

「では、何がだ」

感情を押し殺しているために、むしろ刺々《とげとげ》しく響く安西の口調に、奈々は思わず首を竦めてしまったが、崇は全く気にせずに答える。

「残念ながら教授は、おそらく大きな勘違いをされているのだと思います。しかし、この点に関して教授に責はありません。というのも、殆どの研究者の方々がずっと曲解されているからです」

え――。

一瞬の沈黙が部屋を支配した後、

「きみは」男性の助手が顔をこわばらせた。「偉そうに、何を言っているんだ。自分が口にした言葉の意味を理解しているのか！」

「待ちなさい」

安西は手を挙げて止めると、わざとゆったりとした視線を崇に投げかけた。

「私のもとには、毎日のように実にさまざまな意見が届く。しかし、それらの多くは取るに足らない物だ。時間を費やして目を通す価値もないほどのね。もしも何か言いたいことがあるのならば、改めて文書にして送ってくれないか。ここにいる彼らが一度目を通して、その後、私に届けてくれる。但し、私が目を通すだけの価値があると判断すればの話だが」

しかし、

「折角そうおっしゃっていただいたのに申し訳ないのですが」崇は答える。「俺は何もレポートや論文を書こうという気は、毛頭ありません。ただ、誤りは訂正しておかなくてはと思っただけです。お互いのために」

「きみと私とのかね」

「いいえ」崇は首を横に振る。「源氏と平家のために、です」

「何だって！」

いきり立つ助手を「いいから……」と抑えて、安西は言った。

「つまりきみは、源平合戦に関する私の意見が誤っていると？」

「はい」この場の雰囲気を微塵も気にとめず、崇は断定した。「そういうことです」

「どんな点かな？」

冷静に尋ねる安西の口調に、むしろ奈々はぞっとする。

その時、久田の携帯が鳴った。

久田は矢作に許可を取ると耳に当てて小声で話し、終わると矢作に耳打ちした。矢作は硬い表情を更に硬くして頷き、久田は「ちょっと失礼します」と断って部屋を出る。矢作が、その理由を中新井田たちに説明し終わるのを待って、

「では」

と崇は、何事もなかったかのように安西を見た。

「たとえば……教授としては、安徳天皇はいかがですか。やはり平家の武将たち以上に、きちんと供養されるべきだと？」

「学問上の観点から言っても、安徳天皇を敢えて特別視することはないし、私もそういう立場だ。非常に重要な立場にいらっしゃったことは全く否定しないがね」

「安徳天皇を特別視しない？」

「学問上ではね」安西は苦々しい顔で首肯した。「しかしきみの言うように、きちんと供養されるべきだという考えは持っているし、個人的なことを述べれば、赤間神宮の先帝祭には毎年参列させてもらっている」

「では、源氏はいかがでしょうか」

「もちろん、数々の戦いにおいて命を落とした武将たちは手厚く祀られてしかるべきだと考えるよ。そして彼らは、実際にそうされている」

「ところが、そうでもないんです。俺は、源氏はもっと丁寧に祀られる必要があると思っている。それこそ、平家以上に」

「ほう……」

　崇の言葉に何かを感じたように、安西は頷いた。

「面白そうだな。話してみなさい……と言いたいところだが、ここは私の研究室ではなく警察だ。さすがに、またどこかで何かの機会に聞くとしようか」

　しかし、と崇は真顔で言う。

「この話が、今回の事件と繋がるかも知れません」

えっ、と驚く奈々の前で、

「何だって？」小松崎が叫んだ。「そいつは、どういう意味だ、タタル」

「きみは本気で言っているのか？」貴船の事件を思い出したのだろう、中新井田が尋ねる。「喩えや冗談ではなく」

「いいえ。可能性があるんじゃないかと、ふと思っただけです」崇は肩を竦めた。「だから、最後まで話してみないと、何とも言えません」

「やはり、からかっていたのか」矢作が苦い顔で言った。「ひょっとしてきみは、源氏の血でも引いているんじゃないのか。それで、ただ単に平家に対して文句を言っている」

「残念ながら、違います」崇は、あっさりと否定する。「俺の家は、源氏も平氏の血も引いていません。ただの『鬼』の家系です」

「なに……」

「どちらにも肩入れしない、中立の立場ということか。ふん。面白い」安西は笑った。「それなら警部さん、彼にもう少し続けさせてみてもよろしいでしょうか？」

「我々は、久田巡査部長からの報告待ちですからな。構いませんよ、先生方さえよろしければ」

「では」と答えて、安西は再び椅子に腰を下ろすと、崇に尋ねた。「それできみは、敗者以上に勝者を祀れというのかね。しかも、義経の卑怯な戦法によって敗れてしまった平家よりもきちんと」

「それも勘違いです」崇はあっさりと否定する。「卑怯な戦法というのはきっと、巌流島の宮本武蔵の話と混同されてしまっているのではないですか」

「どういうことだ？」

　尋ねる矢作、そして全員に向かって崇は、先ほどの新幹線の中で奈々たちに話した内容を簡単に説明した。

　実は義経は、特段これといって卑怯な手段を執っていないし、後世さまざまに創作されて、真実が語られなくなってしまった——。

「何だと……」矢作は唸って崇を、そして安西を見た。「彼の言った壇ノ浦の話は、本当なんですか」

「そういう説もあるようだな。それできみは」安西は、投げ捨てるように崇に言う。「その一点を以て、義経や源氏の肩を持とうとしているのかね？」

「もちろん、まだまだあります」

「ほう……」安西は、まさに教授が学生に対するように、崇に告げた。「面白い。少し続けてみなさい」

「では」崇は応える。「もう少しだけ」

おそらく「もう少し」ではない、と奈々は感じた。これはきっと長くなる……。

しかし、

「今お話ししたように」

奈々の心配を全く意に介さず、崇は口を開いた。

「義経は、決して卑怯ではありませんでした。そもそも、彼が鞍馬寺《くらまでら》に入れられて遮那王《しゃなおう》と名乗っていた頃に、そこで鬼一法眼《きいちほうげん》という文武の達人から教わったという戦略の基本は、中国古典兵法の『孫子《そんし》』に基づいていたといいますから。そして『孫子』の真髄は言うまでもなく、

『兵は詭道《きどう》なり』

つまり、戦いは『卑怯な』戦法を先に使った者が勝つ、ということです。しかも、それに関して全く恥じることはないという」

「それは酷いな」

「しかし、勝率は高い」

「だが、そうは言っても……」

苦笑する矢作に、崇は言った。

「なので、当時の武将たちからは、余り評判が良くなかったようです。基本的には、源氏からも好かれなかった」

「誰かいたな。義経を嫌っていた源氏の武将――」

「梶原景時《かじわらかげとき》ですか」

「そう。それだ」

「それは、また別の話になります」崇は、あっさりと首を振った。「こちらも、一般的にはかなり誤解されている」

「そうなのか……？」矢作は相変わらず苦笑いしながら言う。「きみに言わせると、我々は誤解だらけの世の中に生きているようだ」

「誤解に関しては、一の谷の戦いなども有名です」

「さっきも言ってたが」小松崎が口を挟む。「一の谷に関する誤解ってのは、何だ？」

「日枝山王大学の小余綾先生もおっしゃっていたように、義経による鵯越《ひよどりごえ》の坂落としはなかった、ということだ」

「なかった？　あの有名な奇襲作戦がかよ」

「論理的、物理的、そして地理的に考えても、あり得ない話だ」

「地理的にだと？」

「その詳細は、先生の説に目を通してもらうとして、ただ一点だけ言っておくと、現実的に鵯越と一の谷は八キロほど離れている。つまり、一の谷に集結していた義経たちの軍勢は、険しい山道を八キロほど駆けてから、鵯越で逆落《さかお》としをかけたことになる。どう考えても不可能だ」

「八キロの山道……」小松崎は唸った。「それが本当なら、確かに無理だ」

「ことほど左様に、義経に関しては誤解や曲解が多い。但しそれは、英雄伝説にありがちな話だから仕方ないがね」

崇は言うと、
さて——、と続ける。

「そんな義経に対して平家は敗戦に次ぐ敗戦で、ついに壇ノ浦では安徳天皇と、三種の神器のうち草薙剣を失ってしまいました」

「重大な失敗だ」矢作が言う。「日本史上に残る、大きな過失の一つだ」

「その通りです」崇は頷くと、全員を見た。「しかし、ここで重要なのは、安徳天皇の命を失わせてしまったのは義経ではなく、あくまでも祖母・二位尼・時子だったということです」

「直接的にはそうだがね」安西が口を開く。「しかし、その原因を作ったのは、やはり義経ということに違いはない」

「これは戦いです。しかも、突発的な戦闘ではなく、何日もかけてお互いの様子を探り合って、この日——元暦二年（一一八五）三月二十四日を選択した。その前の屋島の戦いから一ヵ月ほど後です。この時に向けての対策を練る時間は、源氏・平家共にあった」

「平家は、まさか自分たちが負けるとは、露ほども思っていなかったんじゃねえのか？」小松崎が尋ねた。「さっきの、景清って武将も言ってたんだろう。絶対に負けるはずはないと」

「それもありますが……」

と安西の後ろから瞳が恐る恐る声を上げた。

「当時、戦に敗れるという事態を考えて、始まる前からそれに備えるなどということは『不吉』だったからではないでしょうか？　それこそ、義経と梶原景時が、似たような点で大論争しています。故に平家も、敗戦という現実を目の当たりにするまでは何も考えておらず、突然パニックになってしまったとか……」

しかし、

「両方とも違うと、俺は考えます」崇はあっさり否定した。「当然、時子としても万が一のことは考えていただろうし、むしろ一般的に考えられている以上に、冷静だったんじゃないかと感じています。だからこそ時子は、

今ぞ知る　みもすそ川の御流《おんなが》れ
波の下にも都ありとは

などという辞世の歌まで詠んだという話ができたのではないでしょうか。もちろん現実は違ったが、そうであってもおかしくはないということだったんです」

「そうですか……」

と瞳が口を閉ざすと、

「では、桑原くんは」と安西が代わって尋ねた。「冷静だった二位尼・時子が、どうしてあんな行動を取ったと言うんだね？」

「まさに、そこです」崇は安西を見た。「実は平家——時子たちには、事ここに至って、未《ま》だ安徳天皇の命を救う道は残されていた」

「降伏するというのかね。しかし、あの状況下では、どちらにしても命は助からないだろうな」

いいえ、と崇は首を横に振る。

「時子以下、平家の人々の命までは何とも言えませんが、少なくとも安徳天皇だけは助けられた」

「その方法は？」

「実に簡単な話です」崇は微笑む。

「天皇の御座船《ござぶね》を拵えて、そこに天皇と三種の神器——あるいは天皇の母である建礼《けんれい》門院徳子《もんいんとくこ》も乗せて付き添わせ——義経のもとに送り出せば良い。鎌倉の頼朝からも、安徳天皇と三種の神器だけは何としても保護・確保するようにという強い命令が出されていたわけですから、誰からも危害を加えられることはなく、無事、義経に庇護《ひご》されたはずです」

確かにそうだ！

奈々は心の中で大きく頷いた。

そもそも義経を始めとする源氏の武将たちは、安徳天皇の命を欲していたわけではない。むしろ逆だ。更に、三種の神器は何とか確保しようとしていたのだから、そんな御座船がやってきたら、大喜びで受け入れたことは間違いない——。

「だから」と崇は続けた。「時子たちが、安徳天皇の命を助けたいと思っていたとしたら、最初から船を用意していたはずです。つまり時子としては、安徳天皇を助ける気は全くなかった」

じゃあ！　と小松崎が声を上げた。

「平家の奴らは、もしも負け戦になったら、安徳天皇も道連れにするつもりだったってのか」

「戦う前から、そう決めていたんだろうな」

「そいつは、ひでえ話だぞ」

小松崎が唸ると、

「いえ！」瞳が異を唱えた。「今の話は違うと思います」

「何が？」

はい、と瞳は答える。

「安徳天皇には、身替わりがいたという説がありますから」

「身替わりだとお。そいつは、どういうことだ」

「海に飛び込む直前に、最初から言い聞かせて準備していた公家の子供と入れ替わり、実際はその子が入水したのではないかという説です」

「寸前で入れ替わったってのか」

ええ、と今度は瞳の隣で富岡が口を開いた。

「安徳天皇が最初から御座船に乗っていなかったのは、状況が不利になった時点で、こっそりと戦場を離脱する予定だったからなんだと。その後、天皇は草薙剣と共に高知県まで逃げたとか、九州・福岡、あるいは硫黄島《いおうじま》まで落ち延びたともいわれ、天皇の御陵まで造られています」

「その際に」瞳がつけ加えた。「地元の女性との間に子供まで生《な》されたという伝説も」

「子供まで？」小松崎は唸って崇を見た。「おい、タタル。本当なのか！」

「彼女が自分で言ったろう」崇は静かに答えた。「『伝説』だと」

「し、しかし――」

「現在の下関市伊崎町《いざきちょう》に、安徳天皇のご遺体が流れ着いたという場所があり『赤間関神宮小門《おど》御旅所』となっている。天皇は、間違いなく壇ノ浦で亡くなられた」

「中島家の某《なにがし》が引き上げた、という話だな」安西が嗤った。「しかし、それもまた『伝説』だ」

その通りです、と崇は頷いた。

「これに関しては確たる証拠はありませんが、それを差し引いても、今の話は真実とは言い難い」

「その根拠は？」

「彼ら自身の話の中にあります」

「なに？」

安西が崇を睨みつけた時ドアが開いて、久田が飛び込んで来た。

「警部。ちょっと、よろしいでしょうか」

そう言って、中新井田を含めた三人にヒソヒソと耳打ちをする。

「そうか……玉置愛子の……」

その言葉を聞き咎《とが》めた安西が尋ねた。

「彼女に関して、何か新しい情報でも？」

矢作は久田に無言のまま頷き、伝えても良いと促すと、久田は全員を見てから早口で言う。

「二点ほどあります。まず一つ。先ほど、玉置愛子が乗ってきたと思われる乗用車が、下関のパーキングで発見されました」

「何だと」安西は問いかける。「下関で、彼女の車が？」

はい、と久田は答えた。

「実家は長府《ちょうふ》なので、こちらまで車を運転してきたものと思われます」

「長府か」崇が呟いた。「高杉晋作《たかすぎしんさく》がたった八十人で挙兵して明治維新のきっかけを作った、かの有名な功山寺《こうざんじ》がある」

その呟きを完全に無視して、

「しかも」久田は声を落として続ける。「その車の中から、走り書きの遺書が発見されました」

「遺書！」今まで冷静だった安西が叫び、腰を浮かせた。「一体どういうことだね」

「おそらく」矢作が答える。「玉置さんは、自殺だったんでしょうな。関門海峡に身を投げて」

「何故……」

「具体的なことは書かれていないようなので」久田が答える。「まだ分かりません。

詳しいことが判明しましたら、また連絡があると思いますが」

「しかし……」

激しく動揺する安西を見て、

「これから私たちも、車が発見された現場に向かいます。ここからすぐ近くのようですし」矢作が言う。「久田くん、あともう一つの件を」

はい、と答えて久田はメモに視線を落としながら答える。

「今の件と重なりますが、昨夜の玉置愛子さんに関して、目撃者が見つかりました」

「目撃者？」

「これは全くの偶然だったようですが、彼女を知っている方が、下関の『ゆめタワー』の近くで見かけたと」

「ゆめタワー？」

目を細めて首を傾げた中新井田と城に、久田が説明する。最上階に展望室を持っている高さ百四十三メートルの建物で、いわゆる「関門海峡のランドマーク」であり、観音崎町より一キロほど南西に位置している——。

「何時頃ですか？」

それが、と久田は顔を歪めた。

「昨夜十一時過ぎだそうです。玉置さんが日頃から夜遅くには出歩かないことを知っていたのと、やけに急いでいる様子だったので、気になったらしく――」

「十一時過ぎ？」安西は首を傾げて矢作を見た。「しかし警部さんは先ほど、玉置助教授は赤間神宮前で亡くなったのではと――」

「そうなんですがね……」矢作は腕を組む。「そうなると、確かに話が合いませんな。おい、どういうことなんだ？」

訊かれた久田も、

「いえ……」

困ったように唸った。

つまり――。

昨夜、赤間神宮から南西に流れていた潮流は零時頃に止み、今度は逆に北東――赤間神宮方面へと流れ出している。

ということは、愛子の遺体が観音崎で発見されるためには、午後十一時から、わずか一時間足らず――といっても、零時に向けて流れはどんどん緩やかになって行くから、実質数十分――の間に、下関から赤間神宮前まで移動して事件に関係し、その後、再び下関まで戻って海峡に身を投げた……。

計算上は決して不可能ではないとしても、現実的に果たしてそんなことが可能なのだろうか？

「ということは」中新井田が尋ねる。「玉置さんは、赤間神宮前の水瀬義正氏の事件とは無関係だったか、あるいは義正氏の死後、急いで下関まで移動して入水した、ということになりますね」

ええ、と矢作が答えた。

「今のところは、そこまでしか判明していないようなので、新たな情報を確認してきます。申し訳ないがみなさん、この場で少々お待ち願えませんか」

矢作と久田は、何かあればすぐに連絡を入れると言い残し、後を中新井田と城に託して部屋を出て行った。

部屋は重い沈黙に支配される。

やがて安西と富岡が、煙草《たばこ》を吸いたいと言い、中新井田に許可を得て、小松崎と栗原と一緒に四人で部屋を出た。

すると崇が「俺たちは面識がないもので」と、愛子に関して瞳に尋ねる。瞳は口籠もっていたが、

「教授からも非常に信頼されていたようでしたよ」城が代わって答えた。「それこそ『徳のある女性だ』とか。そうでしたよね、妻垣さん」

はい、と瞳は頷いた。

「玉置助教授に比べたら、私や富岡さんは二人で一人前だなと笑いながら叱咤《しった》されたことも……」

「それは手厳しいですね」城は苦笑する。「まあ、しかしそれも教授の愛の鞭《むち》だったんでしょう」

「はい。そう思いました」

瞳が答え、その他に先ほどの矢作と安西とのやり取りを聞くと、

「面白い」崇は目をキラキラさせる。「そういうわけだったんですか。じゃあ……もしかして妻垣さんは、教授から『心がない』とか言われたことも？」

「えっ」瞳は驚いて叫ぶ。「ど、どうしてそれを」

「やはり」崇は破顔する。「実に面白い。安西先生は、素敵な教授だ」

「な、何がですか！」

瞳は身を乗り出して尋ね、奈々も訝《いぶか》しんでいると、やがて一服し終わって落ち着いた四人が戻ってきた。

安西は椅子に腰を下ろすと、奈々たちを見て口を開いた。

「今、立ち話で彼らに聞いたが」と言って小松崎と栗原を見ながら言う。「彼らは事件の取材をしたいようだとして、結局きみは何のためにここへ来たのかね」

小松崎が口を開こうとしたが、今度は崇の方が早かった。

「こちらには、興味のある神社がいくつかあったもので」

「赤間神宮かね？」

「もちろん、それもあります。当然あの神宮は怨霊を祀る造りになっているはずなので、明日、その確認もしたい」

「きみは、怨霊の存在を信じているのか」

「はい」

「ということは……」安西は嗤った。「鬼や神も？」

「はい。もちろん」

その答えに、安西と富岡は顔を見合わせて笑ったが——。

奈々は、鬼や怨霊を信じている歴史学者は殆どいないと聞いたことを思い出す。それどころか民俗学者でも、本気でそれらの存在を信じている人間は少ないと。

いや。

奈々だって、それらが「物理的」に、この世に存在していると信じているわけではない。でも「存在を信じない」ことと「存在していない」ことは別だ。科学は「科学で証明できることしか証明できない」のだから、全くの不可知論になる。

ということは、存在を全く信じていないという思考は、鬼や神に拘泥している人間と同じ程度のパーセンテージで『真実』から遠いことになる。もちろん、そのベクトルは百八十度異なるけれど——。

つまり、最も正しいと考えられる結論は、

「我々には分からない」

ということだ。我々人間には結論を下せないという結論。それが正解に一番近いのではないか。

奈々は最近、真剣にそう思うようになっていた。

それもこれも、今奈々の前に腰を下ろしている男——崇のせいなのだが……。

すると崇が「もう少しお話ししても、よろしいですか？」と中新井田に聞き、中新井田が「ああ」と答えたので、崇は全員に向かって、

「今名前の出た赤間神宮には、平家の武将たちや二位尼・時子も祀られていますが」

と口を開いた。「時子のみならず、平知盛や教経《のりつね》たちでさえも、安徳天皇の命を助けようと思えば充分に可能だった。しかし、あえてお助け申し上げず、共に滅びの道を選択しました。それは一体、どうしてなのでしょうか」

「どうしてなんだ？」我慢できなくなったように、中新井田が尋ねた。「きみは、その理由を知っているのか」

「単純な話です」崇は即答する。「彼らにしてみれば、不可能だったからです」

「不可能？　それじゃあ、さっきまでの話と違うじゃないか」

「では言い方を変えましょう。彼らにはできなかったからです」

「ますます分からんぞ」

「安徳天皇に関しては『平家物語』に、こんな逸話が載っています。もちろん安西先生方はご存知でしょうが、一応ご説明します」

　と前置きして、崇は口を開いた。

「巻第三『公卿揃《くぎようぞろえ》』です。簡単に要約しましょう――。『徒然草《つれづれぐさ》』などにもあるように、当時は皇后・中宮・女御などの高貴な方が皇子・皇女をお産みになった際は、御殿の棟から甑《こしき》を投げ落とすという習慣があったそうです」

「こしき？」

「現代の蒸籠《せいろ》のような物です。昔はこれで米を蒸していたようですが、余り美味しくなかったという話です――。さて、この風習に関しては『こしき』という名称が『子敷』や『腰気』に通じるからともいわれていますが、その理由自体は判明していません。そしてこの風習は、皇子誕生の場合は『南』の方角に、皇女誕生の場合は『北』の方角に落とすと決まっていたのにもかかわらず、安徳天皇誕生の際には、甑が『北』――つまり、皇女の方角へ落とされました。ところがここで清盛が登場し、この甑落としを強引にやり直させると、改めて『南』に向かって落としたといいます。この事件は、何人もの日記に記されました。それだけ不審に感じた人々が多かったのでしょう」

「ってことは――」

「安徳天皇女性説か」安西は苦笑する。「その説は、昔から存在している。現代風に言えば、都市伝説というやつだ」

しかし崇は、表情を変えずに答える。

「これは決して、都市伝説ではありません。お認めになりたくない気持ちも分かりますが、事実です」

「いや。その時は本当に間違えたんだろう。故に、清盛がすぐに改めさせた」

苦笑いして吐き捨てる安西に、崇は言う。

「京都・泉涌寺《せんにゅうじ》に保管されている、かの有名な安徳天皇御尊影《ごそんえい》は、どう見ても幼い少女ですよ」

「そんなものは、見る側の主観にすぎない」

「ちなみに、この画に描かれた天皇は鼓型の筒を紐で回して操り、独楽《こま》のように回して遊ぶ『輪鼓《りゅうご》』という独り遊びをされています。この遊びは、若い公家たちの間で流行したものらしいですが、女子の袴緒の先に重しとして付けられた太い糸の形でもあります」

「きみは一体、何を言っているんだ？　全く意味不明だ」

「歌舞伎では」崇はその言葉を無視して続けた。「『義経千本桜』の『大物浦《だいもつのうら》』の場面で、壇ノ浦を落ち延びたという設定の安徳天皇は『お安《やす》』という名前の女児で登場します。しかしこの演出に対して、江戸人は何の違和感も感じていなかった」

ふん、と安西は鼻を鳴らした。

「所詮《しょせん》、歌舞伎——謡曲《ようきょく》や浄瑠璃《じょうるり》の世界。まさに作り話だからな」

「しかし、紫式部の言葉を持ち出すまでもなく、往々にして、フィクションの中にこそ真実が書かれていたりするものです」

「『源氏物語』の『蛍《ほたる》』か。それこそまさにフィクションだ。話にならんな」

では、と崇は続ける。

「慈円《じえん》の『愚管抄《ぐかんしょう》』には、こんな話が書かれています。要約しましょう」

と言って、崇は暗唱した。

「安徳天皇が、海に沈んでおしまいになったのは何故か。その理由はというと、この天皇は平相国《へいしょうこく》（清盛）が祈願をかけ、安芸《あき》国・嚴島《いつくしま》の明神の恵みによってお生まれになった天皇であったからである。そして、この嚴島の神というのは八大龍王の一人、娑伽羅《サーガラ》龍王の娘であると言い伝えられている。清盛の信仰の心が深いことに感応したこの神が、自ら天皇となってこの世にお生まれになった、つまり化生《けしょう》した。それ故に、最後は海に帰って行かれたのである——。

ということです。そして、嚴島の明神というのは宗像三女神《むなかたさんじょしん》。改めて言うまでもなく女神です」

えっ、と奈々は目を見開いたまま、崇の言葉を小声で繰り返した。

女神が……自ら天皇となって……。

「この話に関して、民俗学者の吉野《よしの》裕子《ひろこ》は、こんなことを書いています。

『蛇の象徴である鏡を池底に沈めることは、蛇のもっとも好む水に蛇を返すことを意味する』

『蛇つまり鏡を水に返すことは祖先祭に繋がっていたことも考えられる』

と。もちろん、三種の神器の『鏡』に関しても、同様のことが言えるでしょう」

「そのために」奈々は大きく嘆息した。「三種の神器を……？」

「もちろん、源氏や後白河上皇に渡したくなかったというのも本心だったろうが、ただそれだけの理由で、悠久の歴史を持つ三種の神器を海に沈めたはずもない」

「なるほど……」

納得する奈々の向こうで、安西は引きつった笑いを見せた。

「『愚管抄』は、源平合戦から三十年以上経ってから書かれた書だ。信憑《しんぴょう》性が薄すぎるな」

「それも逆ですね」

「なに？」

「歴史上の事実として、むしろ時間が経たなくては真実を書けないという例が非常に多い。関係者——特にそれが権力者だったりすれば尚更《なおさら》です。現代でさえも、何十年も経ってから真相が明らかになったなどという事件が、実際にたくさんあります。それどころか五十年以上、いやそれ以上経過しても、未だに真相を明らかにできないような事件すらある」

「確かに……そうかも知れないな」

中新井田が頷くと、崇は続けた。

「それこそ源平に戻って言えば、八百年も経っているにもかかわらず、たとえば木曾義仲などは、真相を明らかにされず誤解され続けています。同時に義経や頼政も」

「頼政だと？」

顔を歪める安西をチラリと見て、崇は言った。

「では、現実の話をしましょう」

「おおっ。ついに事件の話か！」

意気込む小松崎を無視するように、

「みなさんは」崇は尋ねる。「赤間神宮をご存知でしょうか」

「は……」

呆れたような顔の安西や、ポカンとしてしまった助手たちを見て、奈々はまたしてもドキドキし始める。さっきも名前が出たし、地元の彼らが知らないはずもない。ましてや安西は、その分野の専門家だ。崇は一体、何を言おうとしているのか――。

そんな奈々を気にとめる様子もなく、崇は口を開いた。

「明治の愚かしい廃仏毀釈《はいぶつきしゃく》の政策によって変貌《へんぼう》してしまっている部分もありますが、基本的にわが国の神々は、自分が叶わなかった望みを我々に与え、自分たちを襲った不幸から我々を護ろうとしてくれています。こんな苦しみや悲しみは、自分だけで充分だという心なのでしょう。それが一般的にいわれている『神徳』であり『御利益《ごりやく》』です」

「……きみは何を言っているんだ？」

富岡が尋ねたが、それは奈々を始め、この場にいる全員の気持ちを代弁していただろう。

しかし崇は、いつも通り平然と続ける。

「愛する人との悲しい離別を経験した方は『恋愛成就』や『縁結び』の神に、家族を失ってしまった人間は『家庭円満』の神となりました。大黒天と習合している大国主命や、弁才天と習合している市杵嶋姫命《いちきしまひめ》たちが、その代表ですね。彼らは、愛する人と無理矢理に別れさせられてしまったため、恋愛や縁結びの神として有名になりました」

「…………」

誰も言葉を発しない中、崇は史に言う。

「また、若くして亡くなってしまった方は『健康長寿』の神となり、財産を不当に奪われてしまった人々は『商売繁盛』や『金運上昇』の神となりました。秦氏《はたうじ》の奉斎している稲荷神《いなり》が、その代表です。というのも、秦氏は当時の朝廷によって、これでもかというほど徹底的に、財産・資産を奪い取られている——搾取されているからです。さて、ここで赤間神宮の神徳を見ると、『水難除《よ》け』『海難除け』、そして最大の神徳は『安産』です。これは、やはり安徳天皇を祀っている日本各地の水天宮も同様です。安徳天皇は海で亡くなっていますから、水難や海難除けは分かります。しかし、わずか六歳四ヵ月で命を落としてしまわれたからといって『安産』の神徳は？」

「そりゃあそうだろうよ」小松崎が言う。「そんなに幼くちゃあ、子供は産めねえ」

「どちらにしてもね」崇は答える。「男性は、子供を産むことはできない。女性でなくては」

「は……」

ポカンとしている小松崎を置き去りにして、崇は続ける。

「『安産』に関しては、安徳天皇を祀る水天宮が圧倒的に有名ですが、その他にいくつも存在します。そして、その神徳を持つ神社の祭神は、全員が女神です」

「ちょ、ちょっと待ってください！」瞳が叫んだ。「私は、安産の神として、男性である柿本人麻呂《かきのもとのひとまろ》が祀られている神社を知っています」

「それは、洒落《しやれ》です」

「洒落？」

「ただ単に『人麻呂《ひとまろ》――ひとまろ――ひとうまる――人生まる』という語呂合《ごろあ》わせに過ぎません」

「ああ……」瞳は脱力した。「そうなんですね……」

すると、

「だが」と安西が憎々しげに崇を見た。「『髻《みずら》』はどうするんだね？」

「みずら？」小松崎の横で、栗原が素《す》っ頓狂《とんきよう》な声を上げた。「何ですか、それは？」

「角髪《みずら》、綰髪《わんぱつ》、総角《あげまき》などと書き表される」安西は、空中に指で書いた。「古代の男子の髪型だ」

その言葉を受けて富岡が、頭頂部の中央から髪を左右に分け、耳の辺りで結んで垂らした髪型だと、身振り手振りで説明した。

「ああ」それを見て栗原は大きく頷いた。「それならば見たことがありますよ。中学か高校の教科書だったかな」

そして、と安西は言った。

「『平家物語』には、入水される寸前の安徳天皇は、この、、、髪型だったと書かれている」

えっ、と驚く奈々の前で、

「巻第十一、『先帝身投《せんていみなげ》』だ」安西は続ける。「そこには、『山鳩色《やまばと》の御衣《ぎょい》にびんづら結はせ給ひて御涙《おんなみだ》におぼれ』

——とね。この『びんづら』が、今の『髻』だ」

「ということは、やっぱり——」

キョロキョロと辺りを見る栗原の言葉を遮るように、崇は言った。

「だが教授は、肝心な描写に触れられていない。こうあります。時子に向かって、

『尼ぜ、我をばいづちへ具してゆかむとするぞ』

と尋ねる安徳天皇のお姿は、

『御《おん》ぐし黒うゆらゆらとして、御せなか（背中）過ぎさせ給へり』

この姿は、まさに京都・泉涌寺《せんにゆうじ》の安徳天皇御尊影ではないですか。ちなみに『源氏物語』の『若紫《わかむらさき》』の巻にも、そっくりな表現があります。光源氏《ひかるげんじ》が、まだ幼い彼女を初めて目にした場面です。

『髪は扇をひろげたるやうに、ゆらゆらとして』

——と。そっくりですね」

「おお！」小松崎が叫んだ。「つまり……当たり前と言えば当たり前だが、髪が『ゆらゆらとして』っていう表現は『女子』を表しているってわけか」

「ところが、そのために」崇は言う。「この場面に関しては、議論が多い。今言ったように、入水前の安徳天皇は『幼い少女』の髪型であり、しかし入水直前には『若い男子』の髪型に変わっている。そのために、先ほど彼らが言ったような、安徳天皇身替わり説や、逃避行説が生まれたんだ」

「なるほどな」小松崎が腕を組んで唸った。「最初は女子の髪型だったのに、まさに入水しようという時は男子の髪型に変わっていたってことだからな」

では、と富岡が引きつった顔で問いかけた。

「そんな脆《もろ》い説によって、あなたは安徳天皇流離譚《りゅうりたん》を、否定すると？」

「いいえ」崇は再び首を横に振る。「そうではありません」

「では、何を言いたいのですか！」

「まず、こちらから説明しましょう。何故、安徳天皇は髪を『髻』に結われたのか」

「……その理由があると？」

「もちろん、あります」崇は首肯した。「実際に、いざという時に女性が自分の髪を『髻』に結った例は『書紀』の中に見られます。あなた方もご存知でしょうが、最も有名なのが、天照大神です。素戔嗚《すさのお》尊が、朝廷の人々によって根《ね》の国に追放されようとした時、天照大神に別れの挨拶を告げに行きました。しかし天照大神は素戔嗚尊を信用せず、きっと国を奪おうとやってきたのだと思い込んで戦う準備を整えると、自らも、

『乃《すなわ》ち髪《みぐし》を結《あ》げて髻に為《な》し』ました——。

また、神功皇后も、いわゆる三韓征伐《さんかんせいばつ》に遠征される際に、

『便《すなわ》ち髪《みぐし》を結分《あ》げたまひて、髻にしたまふ』

とあります。なので、それほど珍しいことではありません」

「男性に変身——というのもおかしいが」小松崎が言う。「男のようになったというわけか」

「そういうことだな」崇は首肯する。「そして、今のおまえの言葉を逆に言えば、そ、い、い、いい、いれまでは女性だったことになる」

「おお……」

「単純な話だ。だが、安徳天皇に関しては、もう一つ大きな理由があると俺は考えている」

「それは何だ？」

「変成男子《へんじょうなんし》。女人成仏《にょにんじょうぶつ》だ」

「へんじょう……にょにん……？」

奈々が不思議そうな顔で呟くと、崇は説明する。

「仏教では、女性は五障《ごしょう》の一つを生まれつき持っている。いわゆる『血の穢れ』だ。故に、そのままでは成仏できないので、一度男子となってから改めて成仏するという考えだ」

「ああ……」

酷い女性差別だ。

仏教はさまざまな差別を生んだ——と崇から教わったが、これもその一つなのか。

顔をしかめる奈々の前で、崇は続ける。

「そう考えれば『平家物語』での、安徳天皇の髪型に関する記述の揺れが説明できる。つまり、女性である安徳天皇は、このままでは成仏できない」

「そこで」小松崎が唸った。「時子たちは、天皇の髪を髻に結って『男子』としたってわけか。きちんと成仏できるように！」

「そういうことだ。故に、

『ちいさくうつくしき御手をあはせ、まづ東をふしをがみ、伊勢大神宮に御暇申《おんいとま》させ給ひ、其後《そのご》西にむかはせ給ひて、御念仏ありしかば』

と祈った」

とんでもない悲劇だが……一方では、周囲の人々の幼い天皇を思う真摯《しんし》な気持ちが、ひしひしと伝わってくる。今まで一度もそんなことを考えたことはなかったけれど、崇の話を聞いて奈々の心は痛む。

でも、良く考えれば当たり前で、時子にとっては可愛い孫娘だったのだ。

そこで、自分はともかく、何とかして安徳天皇だけには成仏してもらいたいと必死に願った……。

今までの話を総合すると、この「先帝身投」の段は、幼い天皇はもちろんだが、時子たちにとってはそれ以上の悲劇だったのではないか。

そう思うと、

「浪《なみ》の下にも都のさぶらふぞ——」

時子の言葉が胸に重く響く。

安徳天皇だけではなく、自分自身にも言い聞かせたのだろう。祖母の私と一緒に、必ずそこに行きましょうという。

取った行為の正誤・善悪は別としても、奈々は思わず胸が一杯になり、目頭が熱くなってしまった……。

しかしこれで、安徳天皇に関しては——。
一、誕生時に甑が「北」へ落とされたのは「皇女誕生」の報せ。

二、泉涌寺の輪鼓で遊ぶ安徳天皇御尊影は、どう見ても幼い少女。
三、『愚管抄』には、嚴島の女神が安徳天皇に化生したと書かれている。
四、安徳天皇を祀る赤間神宮は、女神の神徳である「安産」。
五、最後に「髻」に結ったのは、むしろそれまで女性だった証拠。
そして参考までに、
六、歌舞伎において、安徳天皇は「お安」という名前の女児で登場する。

ずらりと並んだところで、崇は言う。

「また、安徳天皇が女性だったとするならば、先ほど助手の方たちがおっしゃった、貴種流離の説はあり得なくなります」

「さっきもそう言っていましたが」富岡が尋ねる。「何故なんですか!」

「あなた方は、安徳天皇は九州まで落ち延び、地元の女性との間に子供を生したとおっしゃいましたが、当然、女性同士では子供が生まれない」

「あっ」

「可能性としては、天皇の側近の某《なにがし》かが高知や九州まで逃げ、そこで天皇の名前だけが残った。義経などと同じパターンの英雄伝説です」

そういうことだったのか……。

奈々は心の中で頷いた。

今の祟の説が全て正しいのかどうかは分からない。でも、少なくとも、さまざまな伝説が説明できる——。

「そう考えると」祟は続けた。「天皇の諡号《しごう》もおそらくそうだったんでしょうね。『安徳』という」

「『徳』は……怨霊を抑える文字だと聞きました」

奈々の言葉に祟は「ああ」と頷く。

「崇徳《すとく》、称徳《しょうとく》、文徳《もんとく》、後鳥羽院の顕徳《けんとく》、順徳《じゅんとく》、孝徳《こうとく》。つけ加えれば、聖徳太子《しょうとくたいし》。誰もが何らかの恨みを呑んで亡くなっている。『徳』という文字は『呪《じゅ》的な威力』を表していて『徳』の文字の『罒』——これは『あみがしら』ではなく『目』ですが——の上の『十』は『目の上の呪飾《じゅしょく》』、つまり呪《まじな》いという意味でした。つまり『徳』はもともと、呪力《じゅりょく》を以て物事を収めることで、それが次第に人間の内面的な『徳』とされるようになってきた」

「では『安』は？」

「安静・安撫《あんぶ》・安寧《あんねい》という意味で、祖霊を安んずること、またはその行為を表していた。そのままの安寧天皇を始めとして、孝安《こうあん》、安康《あんこう》、安閑《あんかん》、そして安徳天皇と続いた。もともとこの文字は『宀《うかんむり》』——祖霊を祀る廟《びょう》に『女』だしね」

「女！」

「しかし、安徳天皇以外の『安』を持つ天皇は男性だといわれているので、それが直接、女性を表しているとは言い切れない。だが、安徳天皇以降で『安』の文字を諡号に持つ天皇は存在しなくなってしまったから、ここでも何か隠された意味があるのかも知れない」

「ああ……」

安徳天皇以降で「安」の持つ意味が変わった可能性があるということか。

どちらにしても「安徳」という諡号には、呪力を以て祖霊を安撫し奉るという意味がある。それほどまでに人々は、幼くして亡くなられた安徳天皇に、心を寄せていたということだ——。

奈々が納得していると、

しかし、と安西は皮肉に笑った。

「怨霊の存在を信じている同じメンタルで、きみは安徳天皇女性説を延々と述べたわけか」

「同じメンタルと言われましても、俺は俺ですので、仕方ありません」崇は肩を竦める。「それより教授は、安徳天皇が女性だと何か不都合でも？」

「何だと」安西は表情を変えた。「どういう意味だ！」

いえ、と崇は平静な顔で答えた。

「文献に見られないだけで、これだけ状況証拠があるのに——」

「文献に見られないことが重要なんだ！　状況証拠など、今の三倍あっても何もならん。しかもそこに、鬼や怨霊が絡んでくると最悪だな」

「いや、むしろ逆でしょう。昔の人々の『怨念』を慮《おもんぱか》ることによって、文献には載っていない——載せることのできなかった、歴史の真実が浮き上がってくる。それを考慮しないと、歴史を半分しか知ることができない」

「では、新下関大学安西研究室員の我々は、日本の歴史の半分しか知らないと？」

「残念ながら」

崇の言葉に奈々は、思わず目をつぶって顔を伏せてしまったが、崇は意外なことを口にした。

「というよりも、安西教授はすでにご存知なのではないですか？　知っているのにわざと触れず、知らないふりをしている。もちろん、歴史学界でそんなことに触れると笑われるという理由もありますが、それ以上に」

「……何を根拠に、そんなことを言うんだ」

「教授はおそらく『言霊』を信じておられると感じたからです」

「バカな！」

安西は否定したが――。

おや？　と奈々は首を傾げる。

今までの口調とはどこか違う。何がどう違うのかと訊かれても、うまくは答えられないが、明らかに何か違った。

すると、部屋のドアが音を立てて開き、矢作と久田が戻ってきた。全員の視線が、二人に集中する。

矢作は、相変わらず苦虫を噛みつぶしてそのまま呑み込んだような顔つきで「確認してきました」と口を開いた。

「後ほど中新井田さん方にもご覧になっていただきますが、愛子さんの遺書に間違いないようです」

「そこには、何と？」

身を乗り出す安西たちに向かって、久田がメモを広げながら答えた。

「水瀬義正を殺してしまった。そのために自殺する、と」

「なんだって！」安西は立ち上がった。「そんなことが……」

そして、と久田は続けた。

「京都・亀岡で正敏氏を殺害したのは、自分と義正氏――。どうやら、お二人はお互いに連絡を取り合っていたようですね。どの程度の交際だったのかは、まだ今のところ不明ですが」

「玉置助教授が！」富岡も叫ぶ。

「普段から身近におられたのでは？」

「研究室ではそうですが、プライベートは……」

なるほど、と言って久田はメモを読んだ。

「愛子さんの遺書によれば、義正氏は父親である正敏氏を非常に疎ましく思っていたようですね。そのため、あのような犯行に及んだ」

中新井田も先日、ふと思ったことだ。

都会を離れた閑静な住宅地で父親と二人暮らし。何かのきっかけで、小さな齟齬《そご》や諍いが生まれ、それが殺意にまで膨れあがった……。それほど珍しくはない話。

「しかし！」安西は明らかに動転していた。「だ、だからと言って、玉置くんが自殺とは――」

どうしても納得できそうもない安西を横目で眺め、中新井田が矢作たちに言う。

「京都・亀岡の件を伺いたいんですが」

「どうぞ」

「父親の正敏氏殺害に際して、彼らはどうやって被害者を現場の塚まで呼び出したと？」

「義正氏が携帯で自宅の正敏氏に、頼政塚が壊されていると伝えたようです」久田が、メモに視線を落として答えた。「その塚は何か、みだりに触れてもいけないような物とされていたようで」

「ええ！」城が大きく頷く。「地元では、失礼なことをすると必ず罰が当たるといわれていました。それこそ、命に関わるような」

そうらしいですな、と矢作が言う。

「それを伝えると、すぐに正敏氏が駆けつけてきたと。もちろん、実際に塚を壊したのは彼らだったわけですがね」

「その正敏氏を義正は、自宅から持ち出してきていた短刀で殺害した」

「『切腹』させた理由などについては、どうなんですか？」

「かなり恨んでいたんだろうね。恨み骨髄に徹すというやつだよ」

「だが、それまでは仲良く同居していたわけでしょう。それが、どうしてまた突然に……。その辺りのことは？」

中新井田の質問に、

「具体的には記されていませんでした」久田が答える。「どちらにしても、逃走時間を減らしてまでそんな行為に及んだわけですから、余程のことだったんでしょう。あるいは、完全にパニックに陥ってしまっていたか」

「おそらく、そっちだろうね……」

中新井田が首肯すると、久田はメモに視線を落として続けた。

「次に、その義正氏殺害の件です——。昨夜、赤間神宮前で、正敏殺害の件と、自分たちのことを話し合ったそうです」

「自分たち？」中新井田が眉根を寄せた。「二人は交際していたのか」

「こちらの真偽も分かりませんが、先ほども言いましたように、連絡は頻繁に取り合っていたようです。ですから、義正氏を京都からこちらまで運んだのも、玉置愛子だったと見て間違いないでしょう。現在、各地の防犯カメラや設置カメラをチェックしていますので、こちらも遅かれ早かれ引っかかってくると思います」

なので、と久田に代わって矢作が言う。

「おそらくこれで、事件は収束に向かうでしょうな。中新井田さん」

「はい」

「わざわざ合同捜査本部を立ち上げるまでもなかったですなあ」

珍しく矢作が歯を見せて笑った。

「先生方、そして」小松崎や崇を見る。「きみたちにもご足労いただいたが、もう問題は殆ど解決しました。何か確認しておきたいことや言いたいことがあれば、最後にどうぞ」

しん、と部屋が沈黙に包まれ「では」と矢作が言いかけた時、

「ひとつ」崇が口を開いた。「安西先生にお尋ねしたい」

「なんだ」矢作があからさまに嫌な顔をした。「源氏の話か、それとも、また平家に関してか？　そういう質問は、機会を改めて――」

「先生には」崇は矢作の言葉を無視して尋ねる。「とても素晴らしい妹さんがいらっしゃったと聞きましたが、お名前を伺ってもよろしいでしょうかえ……。

誰もが啞然とした顔で崇を見つめる中、

「こらっ」と矢作はたしなめる。「こんな時に、きみは一体何を――」

「お答え願えますか？」

「……構わないが」安西は矢作の言葉を遮るように言って、じろりと崇を見る。「どうしてかね」

「少し疑問があるので」

「ほう」と安西は笑った。「『成子《しげこ》』だが、何が疑問なんだね」

「それはご本名ですか？」

「な……」

安西は言葉を失い、助手二人は顔色を変えた。

「なんだと……」

絞り出すような声を上げて崇を見る安西に、

「申し訳ありません」崇は素直に謝る。「戸籍を調べさせていただければ、すぐに判明する問題なんですが、折角この場に先生がいらっしゃるので」

「き、きみ！」富岡が指差した。「いきなり失礼じゃないか。どうして今、そんな話を――」

しかし崇は、その言葉が耳に入らなかったように再び尋ねる。

「今のお名前は、ご本名なのですか？」

唇を固く結んだ後、

「……本名だ」

安西は目を逸らせて答えた。

嘘だ、と奈々は直感する。

しかし、どうして安西が嘘を吐く必要があるのか、そして崇が何故そんなことを尋ねたのか――全く想像もできないでいると、

「そうでしたか」崇はあっさりと答えた。「ありがとうございました。しかしそうすると、先生のご発言に一貫性がなくなってしまいますね。いや、俺個人としては、それはそれで構いませんが」

「一貫性とは」中新井田が聞き咎める。「何の一貫性だね？」

ええ、と崇は静かに答えた。

「先生は、亡くなられた妹さんをとても愛されていた。御両親に感謝するほどだと。では、それは一体、何を感謝されたんでしょう？」

「もちろん、産んでくれたことをだろう」

「それはもちろんでしょう」崇はあっさりとかわす。「しかし、名前をつけるという作業も、非常に重要です。こちらも一生に一度の問題だ」

「名前……？」

「先ほど言いましたように『安徳』の『安』にも『徳』にも、それぞれ重要な意味がありました。一文字一文字疎《おろそ》かにできません。故に、その一文字に非常にこだわる方がいらっしゃっても、何の不思議もありません」

「きみは、何を言っている――」

「たとえば」崇は続けた。「玉置助教授はどうでしょうか。安西先生は『徳のある女性』だとおっしゃったとか」

「そういう立派な方だったんだ」

「その他にも、何か気づかれませんか？　助手の方は、いかがですか」

「……いえ。別に何も」瞳が顔を歪めた。「玉置助教授に、何かあるんでしょうか？」

「今言ったように、名前です」

「名前というと？」

首を傾げる助手を始め、ポカンと見つめる矢作や中新井田たちの前をスタスタと横切って、崇は部屋の隅に置かれたホワイトボードの前に進み出た。そして、勝手にマーカーを手に取り「玉置愛子」と書くと、全員を振り返った。

「『置』という文字には『目』と『十』が、『愛』には『心』が含まれています。そして『玉』には『〒』——これを『彳《ぎょうにんべん》』に見立てたのでしょう。それら全部を合わせると」

崇は文字を組み合わせた。

「『徳』になります」

と言って振り返ると、崇はつけ加えた。

「先ほども言いましたが『徳』の中の『罒』は『罒《あみがしら》』ではなく『目』という文字ですので」

「は……」

唖然とする矢作や中新井田たちを無視するように、崇は再びホワイトボードに向き直ると、

「富岡忠行」「妻垣瞳」

と書き、

「富岡さんには」と全員に言う。「『宀《うかんむり》』と『心』と『彳』があり、妻垣さんには『女』と『目』と『十』。つまり、二人を合わせると『安』『徳』の文字ができる。つまりこれが、安西先生のおっしゃった意味です。玉置さんには『徳』がある。助手の方々は『二人で一人前』という」

「へ……」

口をあんぐりと開けたままの矢作たちの中で、

「そういう意味だったんですか！」瞳が叫んだ。「教授の言葉はただ単に、私たちの名前に対しての評価だった――」

「そういう意味では」崇は相変わらず冷静に言う。「確かに、妻垣瞳さんの名前には『徳』の文字を構成するのに必要な『心』がない」

えっ、と大きく驚いてから、

「まさか！」瞳は安西に詰め寄る。「教授。何かおっしゃってください。これじゃ、余りに酷い！」

しかし安西は、口を固く結んだまま崇を睨みつけているだけだった。その崇は更に言う。

「安西教授は『安』や『徳』の文字を持っている人間を偏愛していた。何故ならば、それらの文字が教授の愛する平家や安徳天皇に対する鎮魂になるからです」

「そんな話が……」矢作が絞り出すように言った。「信じられるか……」

実際に、と崇は続ける。

「昔人は天皇に、心を込めて諡号を贈った。これは、崩御された天皇への愛であり、畏れであり、鎮魂であり、同時に怨霊封じという重要な役割を担っていた。何故なら、それは、自分たちの平穏な暮らしに直結していたからです。そうであるならば、歴史学研究室教授である安西先生が、彼らと同じように考えたとして、何かおかしいでしょうか」

「し、しかし」小松崎が叫ぶ。『教授はさっき、怨霊など信じていないと言ったぞ。怨霊を信じていなければ、鎮魂の必要は全くないんじゃねえのか」

「それは嘘だ」

「嘘？」

「歴史学の教授という立場上、怨霊の存在を認めないと口にしただけで、安西先生はもっと柔軟な方だから」

「どうして分かる」

「赤間神宮の『先帝祭』に、毎年参列されているとおっしゃっていた。怨霊慰撫の最たる祭に」

「えっ」

「あの祭に、安徳天皇たちの霊魂の慰撫以外の目的で毎年必ず参加する人間はいないし、第一、花魁たち——花魁に扮した女性たちが神宮に参拝することだけを取っても、その証拠になる」

「そう……なんだな」

顔をしかめる小松崎に、

「そうだ」と崇は断定した。

「平家一門が壇ノ浦に消えてしまった後も、生き残った女官たちは安徳天皇の霊を祀るために、この地に留まり『花』を売って暮らしていた」

「花なんて、当時はどこにでも生えていたんじゃねえのか。それを摘んで売って暮らすなんて、ずいぶん慎ましやかな生活を——」

「女性が『花を売る』んだ」崇は小松崎を見た。「つまり『春を売る』——体を売っていたんだ。それが、この地における『花魁』の始まりといわれている」

「なにい？」

「この辺りは港町で、廓《くるわ》も多かったようだから、そういう意味では仕事に困らない。但し、今言ったように彼女たちは自分の生活のためにではなく、あくまでも安徳天皇の慰霊・お祀りが第一の目的だった。そのために自分の体を売って、この地で暮らしていた。そして、安徳天皇の命日には必ず、昔ながらの正装を整えて御陵に参詣し、香華《こうげ》を手向けたという」

そういうことか。

それが、そもそもの「先帝祭」……。

納得する奈々の前で、崇は言う。

「遊女を表す『女郎』という名称も、彼女たち女官をいう『上臈《じょうろう》』から来ているとも言われているし、芸妓《げいぎ》などと遊ぶための揚げ代を『花代《はなだい》』と呼ぶのも、彼女たちが、花を売っていたというエピソードに由来するという説もあるほどだ。そうですよね、教授」

問いかけられて安西は、

「その通りだ……」と小さく頷いた。

「毎年、旧暦の三月二十四日を迎えると、彼女たちは十二単衣《じゅうにひとえ》の女房装束を取り出して身に纏って安徳天皇の御陵に赴き、香を焚いて参拝すると冥福を祈り続けた。この慰霊の風習と心を後世に伝えるべく、この地にあった廓が慣習を引き継ぎ、やがて代々の花魁たちが、安徳天皇の命日には美しく着飾り、陵に参詣するようになったという」

「それほど安徳天皇に対して、畏敬《いけい》の念や情愛を注いだんですな」

大きく頷く矢作に、

「同時に」崇が言った。「恐怖も」

「恐怖?」

はい、と崇は首肯する。

「わが国には『七歳までの子供は神と同じ』という一般的な伝承があったからです」

「それが……?」

「安徳天皇が壇ノ浦に入水された時、数えでは八歳になっているものの、実質六歳四ヵ月でした」

「というと――」

「元暦二年（一一八五）三月二十四日。この壇ノ浦では神殺し――女神殺しが行われてしまったことになるんです」

「え……」

そんな!

奈々も絶句する。

そういうことか。

故に陵の側に立派な寺院――神宮が建立され、生き残った女官たちもこの地を離れず、八百年以上の長きにわたって、毎年欠かさず神事が執り行われてきた。

ということは、逆に言うと——。

やはり安徳天皇は、この壇ノ浦で亡くなったに違いない。だからこそ、生き残った女官たちによって、彼女らの人生全てを費やした慰霊の神事が続いた。

しばし呆然としてしまった奈々の前で、

「さて」

と崇は言って、安西教授を見た。

「そう考えると、先生のお名前は実に素晴らしい」崇はホワイトボードに、

「安西憲往」

と書いた。

「いかがですか」

「いかが、と訊かれても……」

鼻白《はなじろ》む矢作たちを眺めながら、崇はホワイトボードを指差した。

「今のように考えると『安』『十』『目』『心』『彳』——『安徳』が全て揃っている」

「おお……」

今度はさすがに声を上げた矢作や中新井田たちの前で、崇は続ける。

「おそらく御両親も、平家や安徳天皇に、とても深く心を寄せていらっしゃったんでしょう。そして先生は、そんな御両親に感謝するとおっしゃった。確かにそうです

ね。特に、お名前の『憲往』などは、普通であれば『憲之』などとなっていたでしょう。しかし、敢えて――」

「往……『イ』のつく文字！」中新井田が声を上げた。「そういうことだったのか」

「はい」崇は頷く。「もちろん、姓名判断の画数という意味もあったでしょうが、先生の場合は『安徳』が最優先だった」

するとと安西は、ゆるゆると中新井田を見た。

「……わが家は平家の血を引く家系で、しかも代々、赤間神宮の氏子だったからね」

「そういうことだったんですか」

啞然とする中新井田たちの前で、崇は続ける。

「そこで、先生にもう一度お尋ねします。妹さんの『成子』さん。このお名前は、本名なんですか？」

さっき奈々が、嘘を吐いていると感じた部分だ。

すると今度は、

「……もちろん」と安西は苦笑いしながら、吐き出すように答えた。「違う。本名ではない」

えっ、と驚く奈々たちを気にも留めず、

「俺もそう思いました」崇は頷いた。「ですから、一貫性がないと言ったんです」

「では……どういう名前だと思ったんだね」

「『成子』さんの読みは『しげこ』ではない。当然『なるこ』でしょう。つまり、妹さんの本名は――」

崇は、安西に背を向けてホワイトボードに書きつけた。

「安西徳子《なるこ》」

あっ、と奈々はその名前を見つめる。

安……徳……。

「まさに」と崇は全員を見た。「『西』の海で沈んだ『安徳』女帝ではないですか」

ふっ、と安西は笑った。

しかし一言も発せず、ただ崇の書きつけた名前を見つめていた。

「先生」崇は尋ねる。「こんな素敵なお名前を、妹さんは何故、変えてしまったんですか？」

「全く以《もっ》てお節介《せっかい》だし、また私には想像もできないが……」

安西は冷ややかに崇を見た。

「さっき、きみが言った姓名判断の画数じゃないかな。良い方を選んだ」

「残念ながら、それはあり得ない」崇は首を横に振る。「『安西徳子』の姓名判断の総画数は三十画で『浮沈変転運』です。成功するには、一か八かという画数なので、一般人には少し重荷なのは確かです。しかし『成子』としてしまうと、同じく総画数二十二画。こちらは『虚栄空白運』となってしまい、更に良くない人生を歩まなくてはならなくなる。簡単に説明すれば『お人好《ひとよ》し』『逆境の中で身を滅ぼすことが多い』となります。もしも妹さんが姓名判断に頼ったなら、わざわざ不運な画数を選ぶはずはありません」

「不運か……」安西は皮肉な顔で応えた。「頭からバカにせず、姓名判断も少しは勉強しておけば良かったんだな、徳子も」

「ということで」崇は話に乗らない。「勝手な改名の理由は何でしょうか」

「全く知らない」

たとえば、と崇は尋ねる。

「徳子さんは、平家が嫌いになられたとか、距離を置こうとされたとか?」

なに、と安西は陰険な目つきで崇を睨んだ。

「きみは実に小賢《こざか》しく、かつ厚かましい男だな」

「たまに、そう言われます」崇は動じない。「それで、理由に関してですが、俺が考えるところ——」

「うるさいっ」

安西が、ついにキレた。

背後で首を竦め、体を小さくする助手たちの前に安西は立ち上がると、崇を指差して怒鳴る。

「基本的にこの件は、きみとは全く無縁の話だ。他人のプライベートに首を突っ込んでくる権利を、きみは微塵も持っていないし、さっきから私は知らないと答えている。しつこいぞ！」

しかし崇は、

「俺も」と顔色一つ変えずに答える。「先生方のプライベートに関しては、何の興味もありません」

「じゃあ、黙っていろ！　簡単なことだ。その賢しらな口を閉ざしていれば良いだけの話だ」

「俺もそうしたいんです。ただ　点だけ引っかかっている問題の答えを、先生からお教えいただければ、すぐにそうしたい。それは、徳子さんの改名の理由——」

「愚か者め！」安西は烈火の如く憤った。「あんなくだらない理由を聞いてどうするというんだっ」

えっ。

「…………」

安西は口をつぐんだが、遅かった。

その答えに奈々は息を呑み、崇は肩を竦めて淋しそうに微笑んだ。

「どうぞ。その『くだらない理由』を――」

崇の言葉に安西は、目を泳がせて矢作たちを見たが、矢作は無言のまま、やはり
「どうぞ」という仕草を示した。

安西は一度大きく嘆息し、覚悟を決めたように椅子に座り直すと、ゆっくりと口を開いた。

「妹は……徳子は、私の知らないうちに、源氏の末裔と名乗る男と交際していたんだ……」

それは、と崇が言う。

「別に構わないではないですか。治承、元暦の時代ならいざ知らず」

その言葉には応えず、

「だが」と安西は続けた。「その男の話も、実に怪しいものだった。本当に源氏の血を引いているのかどうかすら、全く分からなかった。何しろ徳子は、その相手の苗字を決して教えなかったんだ。私としても、調べようもない」

安西は淋しそうに苦笑いした。

「ただ細かい点での疑問その他が見つかったので、それを伝えると、妹は早速、相手の男に尋ねたようで、その男もかなり動揺したらしい。そこで妹が更に追及すると、

男は私たちの家について、とんでもないことを言い出した……」

　それは、と崇が静かに言った。

「あなた方、つまり安西家は平家の血筋ではなく、源氏の傍流なのではないかということを、ですね」

「どうしてそれを！」安西は目を大きく見開いて叫ぶ。「何故きみは知っている。誰に聞いたんだ！」

「どなたからも、お聞きしていません」崇は首を横に振る。「ただ『安西』という名前の家系には、平氏の支流と同時に『宇多《うだ》源氏』の支流があると、以前に何かの資料で読んだことがあったもので。しかも、その両支流ともに全く同じ家紋——たとえば『釘抜《くぎぬき》』など——を持っているため、確固とした家系図があれば別だが、そうでなければ非常に判別が難しいと」

「詳しいな」安西はひきつりながら笑う。「うちの研究室の入室許可を下ろしても良かった」

「ありがとうございます」

　崇が素直に礼を言うと、

「確かにその通りだ」安西は続ける。「しかし私は、わが家は平家の血筋であると確信していた。ところが妹は、その男に調査を依頼してしまったようだった。その男の口車に乗ったのか、妹から言い出したのか、その辺りの詳しい事情を私は知らない。しかし、どちらにしても私はそれは構わない。私としては、絶対的な自信があったからね。全く平気だった……だが、その過程で妹とその男は、深い関係を持ってしまった。いや、これもまた、気にするようなことではない。良い年の大人同士のつき合いだ。しかし――」

安西は顔を歪めた。

「その男には、妻子があった」

えっ、という中新井田たちの顔を見回して、安西は続けた。

「二人の間に交わされた具体的なやり取りは知らない。どちらにしても、妹が欺《だま》されたことに変わりはないからね。問題は、それが発覚したのは、妹が妊娠した時だったことだ」

〝え……〟

息を呑む奈々の向こうで、安西は続ける。

「妹はどうしても産むと言い張り、私も相手のことを問い詰めたので妹は開き直り、私たち『平家』とは関係ないという意味で、名前を『徳子《なるこ》』から『成子《なるこ》』に勝手に変えてしまった。『成』には、新しく『変わって成る』という意味もあるので、ちょうど良いと」

そういう背景があったから、先ほどの崇の質問には答えなかったのか……。奈々が納得していると、安西は続けた。

「やがて臨月を迎えたが、結果は死産で、それを知らされた彼女は、退院とほぼ同時に関門海峡に身を投げた。一方私は、妹を捨てて妻子の元に逃げ帰ってしまった男の名前も顔も知らなかったので、連絡の取りようもなかったし、彼は私の前に姿を現すこともなかった」

「それは、酷い……」矢作が顔をしかめる。「妹さんは、一言も残されなかったんですか」

「ええ」

「男の手がかりは？」

「何もなかった」

しかし、と崇が言った。

「やがて判明されたんですね」

えっ、と全員の視線が集まるその中で、崇は静かに言う。

「妹さんの相手の男は、京都から門司に単身赴任して来ていた男性だったと」

なに……と息を呑んだ矢作や中新井田たちが崇を、そして安西を見た。

「もしかして、教授の妹さんのその相手は——」

「水瀬正敏！」

「その通りだ」安西は何事もなかったように小さく答えると、続けた。「妹が死んで数年後に、他校から私の研究室生になりたいと希望してやってきた玉置愛子くんが、妹の友人だったことを知った。たまたま赤間神宮に参拝した時に知り合い、歳も同じで話も合った上に、玉置くんは私の名前を知っていたことから、二人はとても仲良くなったらしい。だが、彼女は妹の死を知らず、話を伝えた時にはとても驚いていた。最初は彼女に妹の相手について尋ねると、知らないと言い張っていたが、何度も説得し続けてようやく教えてもらえた。京都に住む、水瀬正敏という男だと」

「そういうことだったんですか」矢作が頭を振りながら言った。「それで教授が、水瀬さんたちの小さな歴史サークルまで行かれた……」

「顔を見てみたかったからな」安西は苦笑する。「しかし、実際に会って二言三言、口をきいた時に——殺意を抱いた」

「ということは……」矢作は目を見開くと「まさか、正敏さん殺害は——」

「玉置くんが、全ての罪を被ってくれようとしているが、彼女の研究室主宰として、さすがにそういうわけにもいかないでしょう」

　ええっ。

　奈々は息を呑む。

同時に「教授！」「安西先生っ」という助手たちの悲痛な声が上がった。

「最初、正敏氏に手をかけたのは義正くんだった。玉置くんが彼に、父親の非道な行為を告げたらしい。それまで父を信じていた義正くんは、激しく抗議したが、正敏氏はそれを受けつけず、次第に義正くんの中で憎悪が膨らんでいったようだ。それは我々も同じだったがね――。そして、妹の死から十年目の今年、私は復讐を決行することにした」

安西は眼鏡をかけ直して続ける。

「京都での件に関しては、玉置くんの遺書でほぼ正しい。但し、そこに私もいたという点が省かれていたが」安西は悲しげに苦笑した。「私たちは、頼政塚の上部を傷つけて壊し、それを理由に正敏氏を呼び出して、義正くんが殺害した。あっさりしたものだった。怒りが余りにも大きいと、かえって冷静になれると感じた」

「それで」矢作は尋ねる。「『切腹』まで……」

「確かに義正くんが彼の腹を刺したが、その後で割いたのは私だ。私がやった」

「ど、どうしてそんなことを！」

「いや……」

口を閉ざした安西の代わりに、

「名前でしょう」崇が言った。「正敏さんの」

「なんだと」矢作が思いきり顔をしかめる。「何を言っているんだ、きみは？」

「名前が何だと言うんだ？」今度は中新井田が訊く。「どういう意味だ」

「安西先生は、名前の漢字にこだわっていらっしゃいました」崇は答える。「そして、源頼政がお嫌いのようだったので」

崇は振り向くとホワイトボードに、

敏
正
瀬
水

と横書きに書いて、再びこちらを向く。

「この名前の中には『頼政』がありますね」

と言って「水」「氵」「毎」を消す。

確かに「頼政」が現れた。

「この『頼政』を、先生は二つに割いたんでしょう。本心では、二つに切断したいくらい憎んでいたかも知れないですが」

「本当に、そんな理由で？」

矢作は目を皿のようにして、安西を見つめた。

「しかも！」城も叫ぶ。「あの頼政塚の前で」

きみは実に、と安西は冷ややかに笑うと崇を見やった。

「色々なことを思いつく男だな。しかし……その通りだ」

「教授！」

悲痛な声を上げる富岡や瞳の前で、安西は淡々と続ける。

「我々は、玉置くんの運転する車でこちらに戻った。翌日、改めて三人で会う約束をして、私は一旦家に戻った。ところが翌日の夜、連絡を待っていた私のもとに、義正くんを殺害してしまった、すぐにこの場を離れたいという玉置くんからの電話が入った。驚いた私がその場所を尋ねると、赤間神宮前の駐車場だという。私は、とにかくそちらに行くから、下関のシティホテルで待ち合わせようと告げた。私は車で下関に向かったのだが、念のために神宮前の駐車場に立ち寄った。すると玉置くんの話の通り、知盛の碇のオブジェの下に、義正くんが倒れていた。私が、恐る恐る近寄ってみると、まだ息があった」

「死んでいなかったんですな！」矢作が言った。「その時は、まだ生きていた」

そうだ、と安西は頷く。

「私が小声で声をかけると、彼はうっすらと目を開いた。後頭部を強打しているようだったが、苦しそうな声で『救急車を……』と呟いた。初めのうちは、私が誰かを認識できなかったようだが、私は『分かった』と答え、携帯を取り出そうとした時、彼は玉置くんの名前を口にして、あいつにやられた、殺人未遂だ訴えてやると言い出した。その言葉に思わず私が手を止めると彼女の悪口を喋り始め、更に私の研究室は殺人を教えているのかと怒鳴《どな》り始めた」

「さすがに、それは酷い」

それどころか、と安西は口元を歪めた。

「平家の悪口まで言い出した。いや、これはさすがに彼が動転していたのだろうとは思う。しかし――場所が悪すぎた」

「赤間神宮の目前……」

「この男も、やはり父親と同じ人間のクズだと思ったと同時に、私は彼の首を絞めていた。彼がぐったりとして、全く動かなくなるまで――」

「なんという……」

絶句する矢作、中新井田、そして奈々たちの前で安西は続けた。

「私は車の中からロープを取り出して彼の首に回すと、念のためにもう一度強く絞めた。そのまま関門海峡に放り込もうとも思ったが、わざと碇に繋いでおいた――」

「わざと？」

首を傾げる中新井田に、

「その時間の潮流が」崇が答える。「赤間神宮から南西へと向かっていたんですね。つまり、先生と玉置さんが待ち合わせをしている方角——下関へ」

「……その通りだ」安西はまたも苦笑する。「万々が一のことを考えたのだ。下手に流れ着かれてしまっても困る」

「同時に、生贄《いけにえ》ともなる。源氏の血を引いている人間であれば、うってつけです」

「きみは……」安西は崇を見る。「実に面白い男であると同時に、やはり非常に不快な人間でもあるな。再び相まみえることもなかろうから、もう少し口を慎んだ方が身のためだと衷心《ちゅうしん》から忠告しておこう」

「ありがとうございます」

崇は素直にペコリと頭を下げると、続けた。

「しかし教授は、最初から義正さんを亡き者にするつもりだった」

「なんだと！」矢作が大声で問いかける。「どういうことだ？」

「凶器の短刀です」崇は静かに答えた。「最後に手にしたのは教授ですからね。わざとその場に残したんでしょう。置き忘れてしまったふりをして」

「あっ」中新井田が目を見開いた。「そういうことだったのか。それがずっと謎だった……」

「自分の身を護るための保険をかけたのかも知れませんが、その辺りの話は、教授たちでなくては分かりません」

「そうだったんですかっ」

勢い込んで尋ねる中新井田に、安西は苦笑しながら頷くと、

「そういうわけで」矢作たちに向き直った。「その後、私が玉置くんと待ち合わせていた場所に行った時には、彼女はすでに海峡に身を投げてしまっていたようで、誰の姿もなかったんです。私の携帯には何度も着信があったようなので、連絡を取ろうとしていたのでしょうが、結局は——」

「そういうことですか」

矢作が大きく嘆息し、助手の富岡は唇を堅く食いしばり、瞳はハンカチで顔を覆って嗚咽《おえつ》し——部屋の空気は奈々の肩に重くのしかかった。

別室で詳しいお話を、と矢作が言うと安西は、

「承知しました」と答える。「ただ——」

「何か？」

「もうほんの少しだけ、ここで話をしても構いませんか？　いや、時間稼ぎでも何でもありません。ただ、彼に聞きたいことがある。それが済んだら、事件に関すること

はもっと詳しく、全てお話しするとお約束します」

「彼の話？」矢作たちは崇を見ながら尋ねる。「というと、何の話ですかな」

「先ほど彼は、私たちが色々と誤解していると言った。そして安徳天皇の話をしたわけだが」崇を見る。「まだ、源氏に関しての話を聞いていない。肝心な頼政の話をね」

そう言って矢作たちに振り向いた。

「こうして彼と話をするのも、これで最後になるかも知れない。いかがでしょうか、警部さん」

「そうですな……」

矢作は中新井田たちと視線を交わしたが、中新井田が軽く何度も首を縦に振ったのを合図に、

「分かりました」矢作は答える。「では、もう少しだけ」

「桑原くんも良いかね？」

安西の言葉に崇も「はい」と答えると、

「但し」矢作が時計を眺めて言った。「余り長くならないように」

それは。

保証できない、と奈々が心の中で思っていると、

「私も！」瞳も身を乗り出してきた。「頼政に関して知りたいので、ぜひ」

ほう、と安西は驚いたように尋ねる。

「きみもかね？」

するると、

「実は……」瞳は目を伏せながら、意を決したように言った。「私の苗字は、本当は『妻垣』ではないんです」

「というと？」

「もともとは違うんです。明治の頃にこちらに移ってきてから『妻垣』に変えたと聞きました」

「では、本当の苗字は？」

「『妻木《つまぎ》』です」

「妻木か。それは知らなかったな」

「今まで黙っていて、すみませんでした……」

俯いて謝る瞳に、

「ということは」崇は尋ねる。「もしかして、家紋は『桔梗《ききょう》』ですか」

「よ、良くご存知で！」

「なるほど、そういうことですか」

一人で納得する崇に、

「おいおい」小松崎が呼びかける。「どういうことだよ、タタル。何が、そういうことだ？」

　ああ、と崇は小松崎を見た。

「『妻木』姓で家紋が『桔梗』ならば、清和源氏頼光流の家系だ」

「え。源氏？　平家じゃなかったのか」

「はい……」瞳は弱々しく微笑んだ。「私の家は、立派な源氏の末裔なんです。ただ、こちらに移り住む際に『妻木』を『妻垣』に変えたと祖母から聞きました。だから——」

　瞳は崇に言う。

「源氏の末裔として、頼政の話を聞きたいんです」

「彼らにも言いましたが」崇は奈々と小松崎を見た。「頼政こそが正、、、統な源氏——頼光から繋がる摂津源氏ですからね」

「ですから、お願いします」

　瞳の真剣な眼差しを受けて、崇はチラリと矢作を見た。すると矢作も中新井田も首を縦に振ったので、それを確認して崇は「では」と口を開いた。

「この、治承から寿永にかけて起こった、いわゆる『源平合戦』に関しては、源三位頼政が、非常に大きな鍵を握っていると俺は考えます。あとはもちろん、木曾義仲でしょう」

「頼朝や義経は？」

尋ねる中新井田に、崇は説明する。

「今ここでの詳しい話は省略しますが、彼らはあくまでも北条時政たち、北条氏の傀儡に過ぎませんでした。頼朝たち自身が気づいていたかどうかはともかく、彼らは時政の単なる駒《こま》でした。そうなると、北条氏はあくまでも『東国平氏』ですから、この戦いを正確に言えば『源平合戦』ではなく『平平合戦』となります。奈々くんたちには話しましたが、しかしここに『源氏』として『平家』と戦った武将が二人だけいた。それが、頼政と義仲です」

崇は全員を見る。

「この彼らの取った行動こそが『源平合戦』の本質です。ところが彼らは——偶々《たまたま》なのか意図的だったのかは分かりようがありませんが——二人揃って誤解されたまま今日《こんにち》まで至っています。故に、彼らに関する正しい歴史を読み解かなければ『源平合戦』の本質にたどり着くことはできません」

「極端に言ってしまえば、それが分からないと『源平』に関して何も分からないということかね？」

「その通りです。これらに触れずして『源平合戦』を語っているとしたら、それはまさに『春の夜の夢のごとし』です。そしてこの疑問点は、そのまま『源平』の二大疑問点に通じてきます」

「それは？」

「もちろん『池禅尼《いけのぜんに》による頼朝助命嘆願』と『頼政七十七歳の挙兵』です。

何故、禅尼は源氏の嫡男・頼朝の命乞いをしたのか？　自分の亡くなった子供と顔がそっくりだったからなどという理由に、誰が納得できるでしょうか。何しろ禅尼は、自分の命を賭《と》してまでも頼朝の命を守ったのですから――。

何故、ようやくのことで従三位まで昇りつめた頼政が、七十七歳という高齢で挙兵したのか。しかも、周囲もそれを諫《いさ》めるどころか、誰もが頼政と運命を共にしている。その理由は？

これらこそが『源平合戦』の本質であると同時に、殆ど触れられていない大きな謎なのです」

「確かに……」中新井田は腕を組んだ。「じゃあ、どうしてなんだ？　そう言われれば、聞いたことがないな」

それは当然です、と崇はあっさり答えた。

「これらの謎に関しては、多くの歴史家や専門家の方々が口を閉ざしてしまっているからです。しかし、池禅尼の謎に関しては、先ほども言いましたように――俺も何度かお目にかかったことがあります東京の日枝山王大学の小余綾《こゆるぎ》先生が答えを出されていますので、ここでは省略します。ただ一点だけ」

と言って崇は全員を見た。

「この、池禅尼助命に際しても、頼政が絡んでいるんです」

「頼政が！」瞳が叫ぶ。「それは？」

「長くなりますので、機会があれば先生の説にも目を通してみてください。今は、それよりも頼政挙兵の謎を」

「その謎は解けているんですね！」

「今回、こちらの奈々くんのアドバイスによって、ようやく分かりました」

崇は微笑んで奈々を見た。

〝私の？〟

訝しむ奈々を放って続ける。

「分かってみれば実に単純な話で、しかも『源平合戦』が俯瞰《ふかん》できます。また、この真相が世に出なかった理由も納得できました」

「それは！」富岡も身を乗り出した。「ぜひ知りたい。聞かせてください」

「はい——というより、今までは、全てこの話のための伏線のようなものにすぎませんでしたから」

「え……」

「では」

と崇は口を開いた。

「どうして頼政が、あのタイミングで挙兵したのか、俺はずっと不思議でした。また、その理由がどんな史料にも述べられていないのは、誰も分からなかったからなのか。いや、そんなこともないだろう。分かっている人でも、理由を口にできなかったに違いない」

「口にできなかった……？」

「まず、頼政です」

と言って崇は、頼政に関して簡単に説明した。

今言ったように、頼光から続く源氏の正統な後継者で、文武両道の武人と称えられ、御所に現れた鵺《ぬえ》を退治し、天皇からの信頼もとても篤《あつ》かったが、治承四年（一一八〇）五月に、以仁王の令旨と共に挙兵し、清盛たち平家に戦い敗れ、宇治・平等院で切腹して果てた――。

ところが、と崇は言う。

「当時の頼政は、清盛の推挙によって従三位という高い官位を得て出家していた上、何度も言うように七十七歳という高齢でした。だから、誰がどうみてもこのタイミングで挙兵する理由が見当たらない。『平家物語』では、嫡男の仲綱《なかつな》と、清盛の三男・宗盛《むねもり》との間で起きた、一頭の名馬を巡る諍いが原因だったと書かれていますが、これだけでは挙兵の理由としては余りに弱すぎる。そこで一般的には、以仁王《もちひとおう》の皇位継承を目指す勢力が、無理矢理に頼政を挙兵させたのではないかということになっている。ところが、奈々くんにも言いましたが、この挙兵に際しては頼政の三人の子供たち、仲綱、兼綱《かねつな》、仲家《なかいえ》、更に彼らの子供たち、つまり孫までが馳せ参じている。それどころか、当時は茶屋を営んでいた家臣の通圓《つうえん》までもが駆けつけ、頼政と共に宇治で討ち死にした。つまり——」

崇は一息つくと言う。

「高齢の挙兵を諫めるどころか、誰もが我先にと頼政の元に駆けつけ、喜んで命運を共にしたんです」

「……………」

じっと口を閉ざしたままの安西の前で、

「そいつは確かに不思議だな」小松崎が首を捻る。「何故だ？　それと、以仁王って人物に関しても教えてくれ。そっちも、重要なんじゃねえかな」

「もちろん」崇は頷いた。「以仁王は、後白河天皇皇子で、安徳天皇の父・高倉天皇とは異母兄弟になる。だから、天皇の地位に就く可能性は充分に持っていた。ところが、治承二年（一一七八）十一月。高倉天皇と、清盛と時子の娘である建礼門院徳子の間に、後の安徳天皇がお生まれになり、翌月の十二月には立太子、約一年半後の治承四年（一一八〇）四月には、即位された。数えでも三歳だ」

「そいつは、ムチャクチャだぞ」

「一歳半では、良くないと？」

「当たり前だろうが」小松崎は怒鳴った。「そんな歳で即位なんてのは、完全に政治案件――傀儡《ぎゆうじ》政権だ。天皇の後ろにいる人間が、自分は表に出ずに天皇の権威を笠に着て全てを牛耳ろうとしていることが見え見えだ」

「まさに、そういうことだ。ちなみに、天智《てんじ》・天武《てんむ》天皇の頃には、三十歳を過ぎないと即位できないという不文律――慣習のようなものがあったというからな。この頃はそんなこともなかったろうが、どちらにしても、かなり特殊な例だ」

「バックにいるのは、清盛か」

もちろん、と崇は頷く。

「安徳天皇は、自分の娘の実子。なおかつ、その乳母は、清盛と時子との間の息子・重衡《しげひら》の妻の輔子《すけこ》だ。全てが綺麗に手中に収まっている」

「そんなこんなで、以仁王が立ち上がったってわけか。自分の皇位継承が危うくなったから」

いや、と崇は否定する。

「皇位継承に関しては、すでにそれ以前に危うくなっていた。だが、このことで完全に絶たれたということは間違いない」

「その王は、何歳だったんだ？」

「三十歳と言われている」

そりゃあ――と小松崎が嘆息する。

「相手は三歳だからな。冗談じゃないって気持ちは分かる」

「だから、令旨は安徳天皇即位と殆ど同時に出されたという」

崇が言うと、

「一説では」と安西が静かにつけ加えた。

「令旨の方が早かったともいわれている。というのも、伊豆の頼朝がそれを受け取ったのは、安徳天皇即位から、わずか一週間たらずだったというからな。早馬を使っても三、四日。令旨を携えた源十郎行家《じゅうろうゆきいえ》が徒歩で向かったとすれば、二週間はたっぷりかかったはずだ」

「俺もそう思っています」崇も同意する。「あの令旨を出すに際して、安徳天皇の即位を待つ必要はないし、即位の日程は誰もが知っていたでしょうから。特に、頼政などは従三位。朝廷と親しい立場にいたから、かなり詳しい情報を得られたはずです」

なるほど、と中新井田が頷いた。

「以仁王の場合は分かった。では、その頼政はどうなんだね。きみの言うように、そこまで憤る理由は？」

「そうですね」瞳も言う。「桑原さんもおっしゃったように、むしろ以仁王をけしかけたのは頼政だったという説もあるほどです。また実際に、令旨を認《したた》めたのは、頼政の嫡男の仲綱だったわけですし」

するると、

「平治元年（一一五九）に、平治の乱が勃発しました」崇は言った。「その三年前の、保元元年（一一五六）の保元の乱では共に戦った清盛と、頼朝の父の義朝が、敵味方に分かれて激しい戦闘を繰り広げました。その中で、情勢が非常に不利になった義朝に、頼政は味方しませんでした」

平等院で聞いた。

奈々は思い出す。

〝三百騎の兵を率いていたにもかかわらず、頼政は五条河原の川辺に待機するばかりで、義朝に与しない。それを見た義平は、我々と平氏と両方を天秤にかけて、勝つ方に味方しようとしている見苦しい振る舞いだ、と怒った――〟

「きみは、何の話を――」

ポカンとする矢作を置き去りにしたまま、崇は続ける。

「その時、義朝は頼政に向かって、

『不甲斐なし。貴殿の二心《ふたごころ》による裏切りで、わが家の武芸に傷がついた』

と叫びました。しかし頼政は落ち着いて、

『天皇にお味方するのは、裏切りにあらず。信頼卿に同心した貴殿こそ、当家の恥である』

と返したので、義朝たちは言葉を失ってしまったといいます。つまり、天皇に味方することが当然であり、そうしない輩は朝敵であり国賊だ、というのが頼政の思いだったわけです」

「鵺退治の際に」安西は言う。「報償として天皇から剣——『獅子王』を拝賜され名を上げているしな。その恩もあったんだろう」

「もっと言ってしまえば」崇は微笑む。「直系の先祖である頼光《よりみつ》は、大内《おおうち》守護、内裏警護の魁となった人物です。それ以来、摂津源氏——頼政の家系がその仕事を引き受けてきました。つまり頼政は、天皇家を護る、それを常に第一に考えてきた人物だったと思われます。ところが清盛は、その天皇家に強く喰い込んできた」

「安徳天皇——自分の血を引く幼帝を立てて、自らが天皇家を牛耳ろうとした、と」

「はい。事実、以仁王の令旨を見てみると、清盛の犯した罪を列挙した中に、後白河法皇を幽閉したことなどと共に『違逆帝皇』――格式にも道理にも逆らった行動――を取ったと書かれています」

　しかし、と安西は言う。

「それ以前にも、高倉天皇の一代前の六条天皇も二歳で即位している。その高倉天皇も、八歳だ。安徳天皇が天智・天武の慣習を破って突如、三歳で即位した幼帝というわけではない。誰もが苦々しく思っていたかも知れないが、善悪は別として、当時としてはそれほど驚くことではなかったはずだが」

　いいえ、と崇は静かに首を横に振った。

「安徳天皇は別格だったんです。先ほど、ご説明したように」

あっ。

　安徳天皇は……。

目を見開いた奈々に代わって中新井田が、

「つまり！」崇に尋ねた。「安徳天皇が女性だったからということかね。女性天皇を認めなかった、とか？」

「それもあります」

　崇は答える。

「俺は、女性天皇を全く否定しないし、それどころか女系天皇も容認しています。というより、遥か昔にわが国には、歴《れっき》とした女系天皇が誕生しているからです」

「なんだと！」

「しかし、当然誰もが隠そうとした。その中で最も顕著だったのは、水戸《みと》黄門《こうもん》——水戸光圀《みつくに》です。彼は必死に『女系天皇』の存在を隠蔽しようと試みた。でも、この話は非常に長くなりますので、この場では止めておきましょう。今は、頼政です」

　では……と、瞳が啞然としながら問いかける。

「頼政は、安徳天皇が女性であるにもかかわらず、男性の天皇として強引に即位されたことが許せなかったんでしょうか？」

「それもあるでしょう」

「幼帝ならばまだしも」富岡が訊く。「幼い少女を男性と偽って、天皇の座につけるほどの横暴を許せなかったというわけですか？　この行為を黙認してしまうと、次には一体何をするかも想像つかない。故に見過ごすことができなかった」

「それもそうだと思います」

「では——」安西は眉根を寄せて、崇をじろりと睨んだ。「桑原くんは、その理由は一体何だと考えるのかね」

　はい、と崇は頷いた。

「安徳天皇の次の代を考えたのだと思います」

「次？」

「俺たちは、その後の歴史を知っていますから、次は高倉天皇皇子・後鳥羽天皇が──こちらも四歳で──即位されたと分かっている。しかし当然ながら、当時は全くの白紙だったわけです。平家が壇ノ浦で勝利していれば、源氏は滅びて安徳天皇はご存命だったわけです」

「もちろんそうだが……」矢作が首を捻った。「それが、どうしたと？」

では、と今度は崇が全員に尋ねる。

「そのまま安徳天皇が地位を保たれていたら、状況はどうなったでしょうか」

「当然──」

と言って矢作は口をつぐんだ。

おそらく、奈々と同じことを考えたのだ。

皇后を……と。

しかし、安徳天皇が女性であったなら、言うまでもなくそれは不可能。

「安徳天皇は、中宮を設けることができないんです」崇は続ける。「しかし、ここまで強引な清盛──平家のことですから、いずれ誰か平家の女性を、安徳天皇皇后としたでしょう」

「だが！」小松崎が叫んだ。「皇子を儲けることができないじゃねえか。当たり前と言えば、当たり前すぎるが」

安産――の神徳だ。

子供に恵まれなかった人は、安産の神となる。

奈々が納得していると、

「そうだ」と崇は頷いた。「とすれば、周囲の状況はどう動くと思われますか、先生」

問いかけられて安西は、眼鏡を押し上げながら厳しい表情で答える。

「敢えて仮定の話に乗るとすれば……。当時、後白河天皇には以仁王と、その子である北陸《ほくろく》宮を始めとする男子が二人。その他、高倉天皇には後鳥羽天皇と母を同じくする守貞《もりさだ》親王がいらっしゃった」

「全員、母親が平家ではありませんね。そして、安徳天皇に皇子がお生まれにならなければ、皇統はそちらに移動する」

「清盛や時子とは遠くなるな」

「では――」崇は再び全員を見た。「当然それを熟知している清盛たちは、どう考えたでしょう。答えは簡単です。安徳天皇に皇子――皇太子が生まれれば良い。といっても、まさか安徳天皇をご懐妊させるわけにはいきません。では、どうするか」

「どうするんだよ！」

小松崎の言葉に崇は、フッと微笑んだ。

「方法はいくらでもある。無数と言っても良いほどにね。とにかく安徳天皇に『皇子』が生まれれば良いんだからな。そうすれば、天皇家は平家一色になる。その結果、天皇家の正統な血筋が絶えてしまっても仕方ないと考えたろう。もっと言えば、清盛はそれを目指していたのかも知れない」

でも！　瞳が叫ぶ。

「いくら清盛といっても、そこまで考えるでしょうか？　余りにも不敬すぎます！」

「だからこそ」崇は瞳を見る。「以仁王の令旨にも書かれていたんです」

「え？」

「令旨には、こうあります。

『王位を推取する輩を追討』するべし、と」

「推取……？」

「簒奪《さんだつ》です」

「簒奪！」

「帝位を奪い取る。天皇の地位を自分のものにしようとすることです」

「何だって」

「かつて平将門が、そう言われました。天皇に取って代わろうとしていると。だから清盛の場合も、それに危機感を抱いた以仁王や頼政が、この輩を討伐せよと、声を上げたんです。故に、彼らの主張に賛同した人々が命を懸けて挙兵したんです。特に頼政は、天皇家が汚されることは許せなかった。いくら清盛が、天皇家の血を引いている人物かも知れないといっても、私物化することに目を瞑《つぶ》れなかった。これが、彼が人生の最後に全てをなげうって挙兵した本当の理由だったんです」

「そういうことだったんですね……」

「頼政は、文武両道を絵に描いたような立派な人物でした。なおかつ、自分の信念を決して曲げない男だった。故に、義朝と対峙した時も、清盛を敵に回した時も、一貫して天皇家のために動いた。彼の頭の中には、源氏も平家もなかったんでしょう。だから、彼が揺れ動いて立場を変えたというのは大いなる誤解で、徹頭徹尾、信念を貫いた武士でした。その理念を持っていたからこそ、誰もが命を捨てて頼政に加勢したというわけです」

そういうことだったのか……。

しばし呆然とする奈々の向こうで、

「その結果が」と瞳が小声で尋ねた。「もう一人の『源氏』の、木曾義仲に挙兵を決断させたということですね」

「義仲に関しては――」

と崇は、昼間奈々たちに話したことを、ごく簡単に伝えた。そして、

「やはり彼も、同じように考えました」と言う。「次の天皇には、北陸宮を立てよと後白河法皇に進言したんです。これは実に正論です。北陸宮は、以仁王の王子ですからね。以仁王と頼政が命を懸けて戦わなかったならば、源氏――それこそ義仲も挙兵せず、平家を都から追い落とせなかったし、後白河法皇も幽閉されたままだったかも知れないと訴えたといいます。しかし、後白河法皇はその言葉に耳を貸さず、今度は義仲を悪人に仕立て上げて、義経たちに討たせてしまった。実に立派な征夷大将軍――征東大将軍だったにもかかわらずね」

「……朝日将軍だったのでは？」

瞳の問いに、

「朝日将軍でもあったでしょうが、当然、征東大将軍でもあったはずです」

崇は答えて、奈々に告げた話を繰り返した。

「どちらにしても義仲は『大将軍』だったでしょう。ただの『将軍』のはずもない。

朝日将軍も、確かに良い名称ですが」

「旭日の勢いで平家を破り、都に上ってきたという意味ですものね」

「だが、おそらくはそれだけではなかった」

「……とおっしゃると？」

「その話に関しては、先ほど奈々くんのおかげで気がついたんですが」

崇が奈々を振り返ると、全員の視線が集まる。

〝えっ〟奈々は焦って目を瞬かせた。〝わ、私？〟

しかし崇は、視線を戻して口を開く。

「頼政と子の仲綱を始めとする人々が、そして彼の養子となっていた仲家が命を落としたのは、宇治・平等院でした。仲家は、もちろん義仲の兄です」

奈々は頷く。

〝仲家は、父が義朝の子・義平《よしひら》に殺されてしまったため、こちらも不憫に思った頼政が引き取って養子にしていた〟——と、宇治で崇から聞いた。

「そして」崇は続ける。「平等院の山号こそ『朝日山《あさひさん》』です。というのも、平等院のすぐ脇を流れる宇治川を挟んで、対岸に連なっている山々を『朝日山』と呼んでいるからです」

「朝日山……」

「能の『頼政』にも、頼政の霊であるシテが、宇治にやって来た旅の僧に向かって、朝日山を指し『月こそ出《い》づれ朝日山』と紹介するほど有名な山で『新古今集』などの歌枕になっています。しかも、この朝日山には平等院の地主神であった、宇治上神社《うじがみ》が鎮座し、人々は朝日山を神体山として崇めていたといいます。故に、義仲の『朝日』や、『朝日奈三郎』という名称は、ここから来ているのではないでしょうか。頼政の挙兵が、義仲自身の旗挙げの端緒となったわけですし、自分が篤く庇護していた北陸宮の父君こそ、その令旨を発した以仁王だったわけですから」

「…………」

苦い顔で口を閉ざしたままの安西たちを気にもとめないかのように、崇は続ける。

「一説によれば清盛は、白河天皇の御落胤といわれていますから、天皇家の血を引いている可能性はあるにしても、余りに強引すぎました。清盛は安徳天皇の秘密を隠したまま、おそらくは次々と皇室に平家の『血』を送り込もうと画策したのでしょう。これは『女系天皇』云々レベルの話ではありません」

「つまり……」と中新井田が言う。「さっき、きみが、その理由を分かっている人でも、口にできなかったのではと言ったのは、そういうことだったんだな……。頼政挙兵の理由は『安徳女帝』と強く絡んでいる。故に、それを知っていた人でさえも、口を閉ざしてしまった」

「そういうことでしょう」崇は頷いた。「天皇個人に関わる、とてもナイーヴなテーマになりますから。さて、そこで——」

崇は全員を見る。

「その事実をつかんだ頼政は地位も命も抛《なげう》って、勝算の薄い戦いに挑んだわけですが、見方を変えればこれは、頼政から清盛への一種の『諫言』とも言えるのではないでしょうか。長い間、天皇家を護ってきた『摂津源氏』としての命懸けの諫言です。だからこそ頼政の周囲の誰もが賛同し、自らの命を賭して行動を共にした。まさに『正義』が汚されようとしている時、安穏な生活を捨てて毅然として立ち上がり、一族共々命を落とした——。これは、清盛を始めとする平家一族を震え上がらせたことでしょう。頼政挙兵を聞いて、清盛は怒り狂ったという話もありますが、内心は、源氏にこんな武将がいたのかと恐怖におののいたろうと推察します。その結果下した命令が、全国の源氏の残党を殺せ、です」

一旦言葉を切ると、

「つまり」と崇は、更に続けた。「頼政と義仲は、あの戦乱の中で『平家』という大きな敵に対して、自らの正義や信念を最後まで貫いた武将だったんです。芥川龍之介が言ったように、義仲が『情』の人ならば頼政は最後まで『義』の人であり、二人とも——新渡戸《にとべ》稲造《いなぞう》が『武士道』で説いていた如《ごと》く——『信実《しんじつ》』と『誠実』を兼ね備えていた武将でした。つまり彼らは、源氏における神であり神霊だった。これで——」

全員を見て崇は言った。

「証明終わり《Q.E.D》」

崇の話が終わり、しんと静まりかえった部屋で、

「なるほどな」安西が口を開いた。「どちらにしても、清盛が自らの権力維持のためにつまらぬことをしたという話で間違いはなさそうだ。そういえば、福原遷都もそうだったがね」

「都の寺社勢力から逃れる、あるいは宋《そう》との貿易に力を入れるために都を遷そうと試みたということになっています」

「あれも、全くバカげた決断だった。人々の反対の声を封殺して、無理矢理に強行した結果、やはり頓挫《とんざ》し、わずか半年で元の都に戻った。どうしてあんなことを考えたのか……。これも謎の一つと言われているな」

いいえ、と崇は微笑んだ。

「答えは簡単です」

「なんだと――」

「福原遷都は、頼政挙兵からわずか一週間後に強行されました」

「あれも頼政に関係あるとでも？」

「非常にあります」

「それは何かね」

「時の権力者が遷都を行う場合、必ずそこには表に出せない、隠し通したい事柄が隠されています。もちろん、歴史上ではああだこうだと理屈をつけますが。中でも一番多いのは今言ったように、古い勢力から距離を置く、決別という理由でしょう。しかし、それらは大抵表向きの理由で、本心はまた別にある」

「福原もかね」

「もちろんそうです。福原遷都の理由は、頼政の挙兵です」

「どういう意味だ？」

「清盛は、今ご説明したような、頼政挙兵の真意を知ったからです。同時に、安徳天皇が女性であることが、少しずつ漏れ出てしまっていることも。そこで、内裏から逃げ出し、新しい内裏に安徳天皇を据えようとした。そうすれば、天皇の周囲の人々も新しく入れ替えることができ、この重大な秘密を保持できると考えたんでしょう。歴史上、実際に散見される施策の常套手段です」

「そういうことだったんですか！」瞳が叫ぶ。「全ては、安徳天皇に関わる秘密のためだった」

「しかし、残念ながらこの遷都は、大失敗でした」

「結局、元の都に戻りましたからね」

「そういう意味ではありません」

「えっ。じゃあ、どういう意味？」

「この時、清盛はいわゆる『八方塞《はっぽうふさ》がり』の年回りだったんです」

「八方塞がりだと……」

「それについての詳しい説明は省略しますが、簡単に言ってしまえば、陰陽道《おんみょうどう》や九星気学《きゅうせいきがく》でいう『どの方角に進んでも活路を開けない年』です。故にその年は何事も我慢して、ひたすら大人しくして過ごすべきだという。引っ越しなどは、以《もっ》ての外《ほか》だ」

「は？」

「しかも清盛は、方位学で言う『本命殺《ほんめいさつ》』で移動して、また念の入ったことに『本命的殺《ほんめいてきさつ》』で戻ってしまった。この『本命殺』は『自らの命まで脅かす』方位であるといわれ、自身の健康以外にも『社会的地位を失う』方位でもありますから、まさにその通り、遷都後すぐに伊豆で頼朝旗挙げ、木曾で義仲挙兵、富士川《ふじかわ》の戦いで平家は惨敗し、やがて治承五年（一一八一）二月に、清盛は謎の高熱に冒され『あっち死に』してしまう」

「え……」

「一方の源氏はというと、色々と調べていました。一例として、寿永三年（一一八四）の一の谷の戦いなどは、当初二月四日に戦いをしかけるはずだったが、その日は故・清盛の命日だったので、平家が法要を営むだろうと考えて見送り、翌五日は『西《にし》塞《ふさが》り』だったので、西に進むのは不吉だった。翌々日の六日も、陰陽道でいうところの『道虚日《どうこにち》』で、出立には不吉な日に当たったため、総攻撃の日時は二月七日と決まりました」

「そうだったんですね……」

「陰陽道や九星気学は、明らかに統計学ですからね。過信する必要はありませんが、押さえておいて損はない。また、これらの学問が、命懸けの戦に向かう人々の潜在意識下における無意識的な力になっていたことは間違いないでしょう。諸葛孔明《しょかつこうめい》や、安《あ》倍晴明《べのせいめい》の名前を出すまでもなく、良いと言われていることに従っておいて損はない」

「ああ……」

瞳が頷くと、

「なるほどね」安西は、ゆっくり立ち上がった。「その説に従えば、きっと私は、京都に出かけるタイミング——方位が悪かったのかも知れないな」

苦笑いする安西に崇は、

「そうかも知れません」真顔で答えた。「『全てが明らかになる』『全てが露見する』という方位もありますから」

「そうなのか」安西が、今度は心から楽しそうに声を立てて笑った。「では行きましょうか、警部さん。長々とお待たせしてしまいました」

「あ、ああ」矢作たちは安西の周囲に集まった。「では、別室へ」

すると、

「桑原くん」開け放たれたドアの手前で、安西は崇を振り返った。「なかなか楽しかったよ。いずれきみも、体系立った論文をものしてみたらどうかね」

「こちらこそ、ありがとうございました」崇は応える。「まだまだ先生と、頼政や義仲に関してお話ししたかった」

「頼政は、もういい」安西は苦笑する。「源氏は嫌いだと言ったろう。そして怨霊や迷信も」

と言い残して部屋を一歩出た時、安西は崇たちを振り返り、

「ただ、頼政塚に無礼を働くと命にかかわるという言い伝えは……真実だったのかも知れないな」

自嘲《じちょう》するように言うと、矢作たちと共に廊下に消えて行った。

＊

翌日。

雨は綺麗に上がっていた。

早春の空気も澄んで、辺り一面は潮の香りで満たされている。

小松崎や栗原たちと別れて、奈々は崇と二人、関門海峡沿いの道を歩く。赤間神宮

から壇ノ浦古戦場、そして和布刈《めかり》神社へと向かう。

海峡は朝日を反射してキラキラと穏やかに輝いていた。

実際はもう一ヵ月ほど後になるが、暦《こよみ》の上ではちょうど壇ノ浦の戦いの頃だ。この海上を義経や知盛、安徳天皇や時子たちを乗せた舟が埋め尽くしたのかと思うと、何とも言えない気持ちになる。

赤間神宮では先日「平家雛流し神事」が執り行われたと聞いた。安徳天皇を始めとする平家一門の慰霊の神事だ。

やがて奈々たちの目の前に、大きく「赤間神宮」と刻まれた社号標と石の明神鳥居、そして右脇に太鼓楼を従えた立派な水天門が姿を現した。

奈々たちは、まず水天門に向かって左手に鎮座する安徳天皇陵に参拝する。正面の門は固く閉ざされていて中を覗くことはできなかったが、奈々はしっかりと手を合わせた。

そのまま水天門をくぐり抜けると、大安殿から神殿を参拝して、耳なし芳一の像を眺め「平家一門之墓」にお参りした。通称「七盛塚」と呼ばれているらしく、

七盛の墓包み降る椎の露

と刻まれた高浜虚子の石碑が建っている。ということは、大将の知盛を始めとする「盛」の字を名前に持つ七人が祀られているのかと思ったら、祀られている人間は、能登守・教経や時子などを含めて十四人。しかも「盛」の字を持つ武将は六人しかいないのだと崇が言う。

六人なのに「七盛」？

しかも、神宮の案内にもその理由は書かれていないらしい。

奈々は、崇にそのわけを尋ねたが、

「きみはすでに知っているはずだ。今まで何度も俺から聞いている」

と笑い流されてしまった。

「それよりも――」崇は墓の外れまで歩いて行き、「見てごらん」

奈々を促す。するとそこから、先ほどは全く確認することのできなかった安徳天皇の陵が、木々の向こうに微かに覗くことができた。高い場所から見下ろすなんて、少し不敬な気持ちだったけれど、奈々が手を合わせながら眺めると、崇が言ったように陵は「怨霊封じ」の八角形に造られていた……。

奈々たちは平家塚を後にして、再び大安殿まで戻った。

爽やかな潮風を吸い込んで歩きながら振り返れば、水天門は真っ青な空を背景にして、海の底に建つという竜宮城のように白くそびえ立っていた。

奈々たちは海峡を右手に眺めながら、御裳川の壇ノ浦古戦場へと向かう。そこには義経や知盛のモニュメントと共に、時子の歌が刻まれている、安徳天皇入水の碑が建てられているらしい。

満年齢で数えれば、わずか一歳半で即位して、四歳で西国へ落ち、五歳で一の谷から屋島の戦い、そして六歳四ヵ月で壇ノ浦に沈んだ……。

「悲劇の生涯」という表現など、甘く緩すぎると感じるような一生ではないか。

奈々は、ツンと鼻の奥が痛くなり、目の前の景色が霞《かす》む。

その時。

奈々の心の中に一つの考えが浮かんだ。突拍子もない考えかも知れないけれど。

もしかすると頼政は、安徳天皇の将来を憂《うれ》えていたのではないか。

あれほど、天皇家を思っていた頼政だ。何も分からない幼い女子を男子と偽って天皇の座に据えれば、どう考えてもその少女が幸せな人生を送れるはずもない。これは、天皇家にとっても安徳天皇個人にとっても、間違いなく不幸なことだ。

そう感じた頼政は止むに止まれず、七十七歳にして挙兵したが、その意味を曲解されたまま今日まで至っている。しかも一族を挙げた戦いで、自分の子供どころか孫までも命を落としてしまったため、ごく一部の人たちを除いてこの「神霊」たちを祀ることはなくなり――頼政は「怨霊」となってしまった……。

奈々は複雑な思いで海峡を眺める。

しかし全ての歴史を呑み込んでなお青く美しい海は、眩しい春の日差しを浴びて、ゆったりと微笑むばかりだった。

《エピローグ》

海が暗い——晦《くら》いと言われる理由の一つは、地上にある全ての川という川の流れが注ぎ込まれているためだという。

やはり川は、地上に存在する物理的・精神的な「穢《けが》れ」を流し去る役目を担っているということか。

伊弉諾尊《いざなぎ》が黄泉国《よみのくに》から戻り「筑紫《つくし》の日向《ひむか》」で禊《みそ》ぎ祓《はら》えを行った「檍原《あわぎはら》」は現在、大きな池になっている。しかし昔は、流れのある「小戸《おど》」——狭い水の出入口だったという。つまりその水は、海へと流れ込んでいたことになる。

それらの「穢れ」を全て受け入れるが故に、海はいつも「晦い」のだという。

そして今。

私の目の前には、夜の「晦い」海が一面に広がっている。

嗅ぎ慣れた潮の香りと、子守歌に聞いて育った波の音だけが、その存在を私に教えてくれる真っ黒い海が……。

母なる関門海峡。私の命の源。

間違いなく私は、無数の生命体と同じように、この海からやってきた。多くの「穢れ」を呑み込んでいるこの海から。

八百年も前、壇ノ浦の戦いで何万という武士たちの血と肉と命を、この海は呑み込んだ。そして同じように今夜、私の生命を呑み込むだろう。平家の血筋であることを捨ててまで愛した人に裏切られ、その人との間の子供を亡くし、兄に甘えてばかりもいられず、これ以上どうして生きていけば良いというのか？

私には想像もつかない。

それならば、自分のやってきた場所に帰ることが、最も賢明な手段ではないか。

この海は、身も心も穢れてしまった私でも、きっと優しく受け入れてくれるに違いない……。

私は、波音に近づく。そして祈る。

私の名前にあった「安徳」天皇が幼くして赴《おもむ》かれたという、水底にある都。

どうかそこに、無事、辿り着けますように。同じ平家の血を引く私を迷わずお導きくださいと。

自分の目の前に広がっているであろう「晦い」海に祈りながら、私は一歩ずつ歩を進めた――。

参考文献

『古事記』次田真幸全訳注／講談社
『日本書紀』坂本太郎・家永三郎・井上光貞・大野晋校注／岩波書店
『続日本紀』宇治谷孟全現代語訳／講談社
『続日本後紀』森田悌全現代語訳／講談社
『万葉集』中西進校注／講談社
『古今和歌集』小町谷照彦訳注／旺文社
『枕草子』石田穣二訳注／角川学芸出版
『源氏物語』石田穣二・清水好子校注／新潮社
『源氏物語』円地文子訳／新潮社
『土佐日記　蜻蛉日記　紫式部日記　更級日記』長谷川政春・今西祐一郎・伊藤博・吉岡曠校注／岩波書店
『宇治拾遺物語』小林保治・増古和子校注訳／小学館
『今昔物語集』池上洵一編／岩波書店
『平家物語』杉本圭三郎全訳注／講談社
『平家物語』佐藤謙三校注／角川書店

『新譯平家物語』渋川玄耳／金尾文淵堂
『現代語訳　平家物語』尾崎士郎／岩波書店
『保元物語　平治物語　承久記』栃木孝惟・日下力・益田宗・久保田淳校注／岩波書店
『保元物語』日下力訳注／ＫＡＤＯＫＡＷＡ
『平治物語』日下力訳注／ＫＡＤＯＫＡＷＡ
『義経記』梶原正昭校注・訳／小学館
『全譯　吾妻鏡』貴志正造訳注／新人物往来社
『現代語訳　吾妻鏡』五味文彦・本郷和人編／吉川弘文館
『愚管抄　全現代語訳』大隅和雄訳／講談社
『玉葉』國書双書刊行會編／名著刊行会
『完訳　源平盛衰記』中村晃・西津弘美・石黒吉次郎他訳／勉誠出版
『源平合戦事典』福田豊彦・関幸彦／吉川弘文館
『平家物語図典』五味文彦・櫻井陽子／小学館
『日本史広辞典』日本史広辞典編集委員会／山川出版社
『歴代天皇総覧』笠原英彦／中央公論新社
『皇位継承事典　神武天皇から昭和天皇まで』吉重丈夫／ＰＨＰエディターズ・グル

ープ
『名前でよむ天皇の歴史』遠山美都男／朝日新聞出版
『暮らしのことば　語源辞典』山口佳紀編／講談社
『隠語大辞典』木村義之・小出美河子／皓星社
『鬼の大事典』沢史生／彩流社
『あやかし考――不思議の中世へ』田中貴子／平凡社
『日本伝奇伝説大事典』乾克己・小池正胤・志村有弘・高橋貢・鳥越文蔵編／角川書店
『誹風柳多留』宮田正信校注／新潮社
『日本古典文学大系3　古代歌謡集』土橋寛・小西甚一校注／岩波書店
『木曽義仲伝』鳥越幸雄／星雲社
「木曾義仲論」芥川龍之介／東京府立第三中学校学友会誌
「『不覚』の最期の意味を問う――『平家物語』木曾最期論――」野中哲照
「木曽義仲　関係史料比較表」今井弘幸／木曽義仲史学会
『赤間神宮――下関・源平史跡と文化財――』古川薫・永積安明・宮次男・清永唯夫・水野直房／赤間神宮
『浮世絵で見る義仲・義経の生涯』高津市三解説／千村清文・南みゆき編／植野賢次

撮影／オフィス・アングル
『能楽大事典』小林責・西哲生・羽田昶／筑摩書房
観世流謡本『巴』丸岡明／能楽書林
喜多流謡本『兼平』丸岡明／能楽書林
喜多流謡本『頼政』喜多節世／喜多流刊行会
喜多流謡本『鵺』喜多節世／喜多流刊行会

＊「瀬田川の烽火」は、高田崇史二十周年記念短編集『試験に出ないQED異聞』収載の「木曾殿最期」を会話文はそのままに、棚旗奈々視点に置き換えて大幅に修正・改稿したものです。

この作品は完全なるフィクションであり、
実在する個人名・団体名・地名等が登場することに関し、
それら個人等について論考する意図は全くないことを
ここにお断り申し上げます。

出雲』
『QED　憂曇華《うどんげ》の時』
『試験に出ないQED異聞　高田崇史短編集』
『QED　源氏の神霊』
（以上、講談社ノベルス、講談社文庫）
『鬼神伝　鬼の巻』
『鬼神伝　神の巻』
（以上、講談社ミステリーランド、講談社文庫）
『軍神の血脈　楠木正成秘伝』
『源平の怨霊　小余綾《こゆるぎ》俊輔の最終講義』
（以上、講談社単行本、講談社文庫）
『毒草師　白蛇の洗礼』
『QED　神鹿《しんろく》の棺《ひつぎ》』
『古事記異聞　陽昇る国、伊勢』
（以上、講談社ノベルス）
『江ノ島奇譚』
（講談社単行本）
『毒草師　パンドラの鳥籠』
（朝日新聞出版単行本、新潮文庫）
『七夕の雨闇　毒草師』
（新潮社単行本、新潮文庫）
『鬼門の将軍』
（新潮社単行本）
『鬼門の将軍　平将門』
（新潮文庫）
『卑弥呼の葬祭　天照暗殺』
（新潮社単行本、新潮文庫）
『采女の怨霊——小余綾俊輔の不在講義』
（新潮社単行本）

《高田崇史著作リスト》

『QED　百人一首の呪《しゅ》』
『QED　六歌仙の暗号』
『QED　ベイカー街の問題』
『QED　東照宮の怨《えん》』
『QED　式の密室』
『QED　竹取伝説』
『QED　龍馬暗殺』
『QED ～ventus～　鎌倉の闇《くらやみ》』
『QED　鬼の城伝説』
『QED ～ventus～　熊野の残照』
『QED　神器封殺』
『QED ～ventus～　御霊将門』
『QED　河童伝説』
『QED ～flumen～　九段坂の春』
『QED　諏訪の神霊』
『QED　出雲神伝説』
『QED　伊勢の曙光』
『QED ～flumen～　ホームズの真実』
『QED ～flumen～　月夜見《つくよみ》』
『QED ～ortus～　白山の頻闇《しきやみ》』
『毒草師　QED Another Story』
『試験に出るパズル』
『試験に敗けない密室』
『試験に出ないパズル』
『パズル自由自在』
『化けて出る』
『麿の酩酊事件簿　花に舞』
『麿の酩酊事件簿　月に酔』
『クリスマス緊急指令』
『カンナ　飛鳥の光臨』
『カンナ　天草の神兵』
『カンナ　吉野の暗闘』
『カンナ　奥州の覇者』
『カンナ　戸隠の殺皆』
『カンナ　鎌倉の血陣』
『カンナ　天満の葬列』
『カンナ　出雲の顕在』
『カンナ　京都の霊前』
『鬼神伝　龍の巻』
『神の時空　鎌倉の地龍』
『神の時空　倭の水霊』
『神の時空　貴船の沢鬼』
『神の時空　三輪の山祇』
『神の時空　嚴島の烈風』
『神の時空　伏見稲荷の轟雷』
『神の時空　五色不動の猛火』
『神の時空　京の天命』
『神の時空　前紀　女神の功罪』
『古事記異聞　鬼棲む国、出雲』
『古事記異聞　オロチの郷、奥出雲』
『古事記異聞　京の怨霊、元出雲』
『古事記異聞　鬼統べる国、大和

●この作品は、二〇二一年三月に、講談社ノベルスとして刊行されたものです。

|著者| 高田崇史　昭和33年東京都生まれ。明治薬科大学卒業。『QED　百人一首の呪』で、第9回メフィスト賞を受賞し、デビュー。歴史ミステリを精力的に書きつづけている。近著は『采女の怨霊――小余綾《こゆるぎ》俊輔の不在講義』『QED　神鹿《しんろく》の棺《ひつぎ》』『古事記異聞　陽昇る国、伊勢』『江ノ島奇譚』など。

QED《キューイーディー》　源氏《げんじ》の神霊《しんれい》

高田《たかだ》崇史《たかふみ》

講談社文庫

定価はカバーに
表示してあります

2023年9月15日第1刷発行

発行者――髙橋明男
発行所――株式会社　講談社
東京都文京区音羽2-12-21　〒112-8001
電話　出版　(03) 5395-3510
　　　販売　(03) 5395-5817
　　　業務　(03) 5395-3615

KODANSHA

デザイン―菊地信義
本文データ制作―講談社デジタル製作
印刷―――株式会社KPSプロダクツ
製本―――株式会社国宝社

Printed in Japan

ISBN978-4-06-531542-2

講談社文庫刊行の辞

二十一世紀の到来を目睫に望みながら、われわれはいま、人類史上かつて例を見ない巨大な転換期をむかえようとしている。

世界も、日本も、激動の予兆に対する期待とおののきを内に蔵して、未知の時代に歩み入ろうとしている。このときにあたり、創業の人野間清治の「ナショナル・エデュケイター」への志を現代に甦らせようと意図して、われわれはここに古今の文芸作品はいうまでもなく、ひろく人文・社会・自然の諸科学から東西の名著を網羅する、新しい綜合文庫の発刊を決意した。

激動の転換期はまた断絶の時代である。われわれは戦後二十五年間の出版文化のありかたへの深い反省をこめて、この断絶の時代にあえて人間的な持続を求めようとする。いたずらに浮薄な商業主義のあだ花を追い求めることなく、長期にわたって良書に生命をあたえようとつとめるところにしか、今後の出版文化の真の繁栄はあり得ないと信じるからである。

同時にわれわれはこの綜合文庫の刊行を通じて、人文・社会・自然の諸科学が、結局人間の学にほかならないことを立証しようと願っている。かつて知識とは、「汝自身を知る」ことにつきていた。現代社会の瑣末な情報の氾濫のなかから、力強い知識の源泉を掘り起し、技術文明のただなかに、生きた人間の姿を復活させること。それこそわれわれの切なる希求である。

われわれは権威に盲従せず、俗流に媚びることなく、渾然一体となって日本の「草の根」をかたちづくる若く新しい世代の人々に、心をこめてこの新しい綜合文庫をおくり届けたい。それは知識の泉であるとともに感受性のふるさとであり、もっとも有機的に組織され、社会に開かれた万人のための大学をめざしている。大方の支援と協力を衷心より切望してやまない。

一九七一年七月

野間省一

講談社文庫 最新刊

三津田信三
忌名《いな》の如き贄《にえ》るもの
村に伝わる「忌名の儀式」の最中に起きた殺人事件に刀城言耶《とうじょうげんや》が挑む。シリーズ最新作！

高田崇史
Q　E　D
〈源氏の神霊〉
鵺《ぬえ》退治の英雄は、なぜ祟《たた》り神になったのか？　源平合戦の真実を解き明かすQED最新作。

石沢麻依
貝に続く場所にて
ドイツで私は死者の訪問を受ける。群像新人文学賞と芥川賞を受賞した著者のデビュー作。

円堂豆子
杜《もり》ノ国の神隠し
真《ま》織《おり》と玉響《たまゆら》。二人が出逢い、壮大な物語の幕が上がる。文庫書下ろし古代和風ファンタジー！

小原周子
留子さんの婚活
わが子の結婚のため親の婚活パーティに通う留子。本当は別の狙いが――。〈文庫書下ろし〉

ジョン・スタインベック
齊藤　昇　訳
ハツカネズミと人間
貧しい渡り労働者の苛酷な日常と無垢な心の絆を描き出す、今こそ読んで欲しい名作！

講談社タイガ

小島　環
唐国《からくに》の検屍乙女
〈水都の紅き花嫁〉
見習い医師の紅花《こうか》と破天荒な美少年・九曜《くよう》。名バディが検屍を通して事件を暴く！

芹沢政信
天狗と狐、父になる
〈春に誓えば夏に咲く〉
伝説級の最強のあやかしも、子育てはトラブルばかり。天狗×霊狐ファンタジー第2弾！